VIRGINIA WOOLF

WIE SOLLTE MAN EIN BUCH LESEN?

Aus dem Englischen von Antje Rávik Strubel

Mit einem Vor- und einem Nachwort
von Sheila Heti

K
A
M
P
A

Für den Blick hinter die Verlagskulissen:
www.kampaverlag.ch/newsletter

KAMPA POCKET
DIE ERSTE KLIMANEUTRALE TASCHENBUCHREIHE
Gedruckt auf säurefreiem und chlorfrei gebleichtem Papier aus verantwortungsvollen Quellen, zertifiziert durch das Forest Stewardship Council. Der Umschlag enthält kein Plastik. Kampa Pockets werden klimaneutral gedruckt, kampaverlag.ch/nachhaltig informiert über das unterstützte CO_2-Kompensationsprojekt.

Der Kampa Verlag wird in der Schweiz vom Bundesamt für Kultur mit einem Strukturbeitrag für die Jahre 2021–2024 unterstützt.

Veröffentlicht im Februar 2022 als Kampa Pocket
Lektorat: Ulrike Ostermeyer, Berlin

Covergestaltung und -motiv: Lara Flues, Kampa Verlag, nach einer Idee von Maria Uwe
Satz: Herr K | Jan Kermes, Leipzig
Gesetzt aus der Stempel Garamond LT / 220140
Druck und Bindung: GGP Media GmbH, Pößneck
Auch als E-Book erhältlich
ISBN 978 3 311 15045 9

www.kampaverlag.ch

Inhalt

Eine Schattenform

Vorwort von
Sheila Heti

Nachdem wir ein Buch beendet und es zur Seite gelegt haben, wenn sich der Staub gesetzt hat und wir viele Nächte geschlafen, häufig zu Abend gegessen, viele Spaziergänge gemacht und unsere Verpflichtungen erledigt haben, dann kommt das Buch als eine Schattenform zu uns zurück, wie Virginia Woolf es ausdrückt, als eine visionäre Form: »Dort hängen sie, im Geist, die Formen der Bücher, die wir gelesen haben.« Warum wählt sie den Begriff der Form, um über das zu sprechen, was von den Büchern bleibt, die wir gelesen haben? Meiner Erfahrung nach sind es meistens Schriftsteller*innen, die über die Form von Büchern sprechen – nicht nur der Bücher, die sie gelesen haben, sondern auch der Bücher, die sie schreiben. Denn eine Schriftstellerin braucht nicht nur eine Stimmung oder eine Handlung, nicht nur Figuren oder Ideen, sondern sie braucht etwas Plastischeres, eine Gestalt, ähnlich der Gestalt einer Skulptur. Ein Roman ist eine wässrige Skulptur, die im Geist weiter existiert, wenn das Lesen beendet ist. Wenn ich an die Bücher zurückdenke, die ich geliebt habe, erinnere ich mich selten an die Namen der Figuren, an den Plot oder an viele Szenen. Nicht einmal der Tonfall oder die Stimmung sind es, woran ich mich erinnere, und doch bleibt – und hier ist dieses merkwürdige Wort angebracht – der Abdruck einer einzigartigen Form.

Manchmal verdichtet sich die Form eines ganzen Buches in einer Erinnerung an eine einzelne Szene – ein Zimmer, das im Geist heraufbeschworen wurde, in dem zwei Figuren saßen und sich unterhielten. Manchmal ist die Form eher metaphysischer Natur: ein neues Lebensverständnis am Ende des Buches. Wie aber wird aus einem Verständnis eine Form? Vielleicht indem Bücher uns an Orte versetzen; in Büchern geht es um Körper im Raum oder um die geistige Entwicklung von Figuren. Es ist, als würden sich eine Reihe von Formen – Räume, Körper, Schilderungen, Offenbarungen – übereinanderlegen, während man die Buchseiten umblättert, bis schließlich der Eindruck entsteht, man würde durch einen Stapel durchsichtiger, gefärbter Plastikfolien schauen, die eine ultimative Form ergeben.

Wie sollen wir, die Leser*innen, die Form des einen Buches gegenüber der Form eines anderen Buches beurteilen – wenn die Form das ist, was bleibt? Wie soll man die Form eines Buches auch nur einem anderen Menschen beschreiben, wenn sie nicht in etwas Einfachem, Wiederholbarem, Gemeinsamem besteht wie etwa einem Dreieck, einem Kreis oder einem Viereck? Die wässrige Form eines Buches ergibt sich durch seine Bewegung – den Verlauf, den seine Figuren oder die Erzählung nehmen, und den wir während des Lesens durchleben, ehe er sich zu einer einzigen, fortdauernden Episode verfestigt, unabhängig davon, wie oft wir das Buch lesen. Diese geistige Episode schließt alles aus, was wir zwischen den Momenten erleben, in denen wir das Buch in die Hand nehmen. Und doch enthält die endgültige, schattenhafte Form etwas von jenem Leben, das sich ereignete, während wir die Seiten umblätterten – nicht nur vom Leben in unserer Vorstellung, in Form von szenischen Bildern, sondern auch etwas von dem Raum, in dem wir saßen, den Geschehnissen unseres Lebens, dem Geruch der Tage, von unserer Jugend und der allgemeinen politischen Lage. Die Form des Buches ist letztendlich eine Alchemie der Form, die die Autorin schuf, und der Form, die unser Leben hat, während wir es lesen.

Diese Alchemie der zwei getrennten Welten schafft eine erstarrte Form. Aber die Form ist nicht eigentlich erstarrt, denn im Laufe der Jahre und Jahrzehnte, in denen man sich an das Buch erinnert, schmilzt die Zeit und holt die Form aus der Erstarrung heraus, wieder und wieder.

Das macht Literatur zu einer so lebendigen Kunstform. Die Bücher, die wir gelesen haben, verändern sich mit der Zeit, vielleicht lieben wir die Veränderung mehr als wir ein Gemälde lieben, denn während Gemälde und Theaterstücke und Filme in unserem Gedächtnis vorkommen als etwas, dessen Zeuge wir geworden sind, erlebt man ein Buch wie einen Traum. Die spezifischen Bilder, die in der Phantasie aufgerufen werden, lassen sich am besten als Traumbilder beschreiben – also ist das eigentliche Buch nicht das physische Buch, sondern die Schattenform, die es hinterlässt.

Noch geheimnisvoller ist die Tatsache, dass eine Schriftstellerin beim Schreiben eine Form für das Buch zu erschaffen versucht. Wie aber kann sie sich sicher sein, dass die Form, die sie anstrebt, diese wässrige geistige Skulptur in ihrer Phantasie, dieselbe geistige Skulptur ist, die im Geist der Leser*innen erscheint? Darüber gibt es keine Sicherheit, und ebenso wenig kann man wissen, ob die Form, die das Buch bei den

Leser*innen hinterlässt, auch nur irgendeine Ähnlichkeit mit dem hat, was der Autorin vor Augen stand, als sie es schrieb. Aber das ist nicht so wichtig. Einer Autorin bleibt nichts anderes übrig, als mit dem Buch, das sie schreibt, eine Form zu erschaffen, die sie in ihrer eigenen geistigen Höhle als zufriedenstellend empfindet; etwas, das in ihren Augen eine bestimmte Bewegung und Harmonie und die richtigen Ausmaße besitzt.

Ein Kreis oder ein Dreieck entstehen nicht aus einer Bewegung heraus, wie es bei einer Form der Fall ist, die vom Verlauf einer Erzählung geschaffen wird. Aber vorausgesetzt, es wäre bei Dreiecken und Vierecken so ähnlich. Wenn eine buchstäbliche Form nicht durch ihre Seiten bestimmt würde, sondern durch das Entfalten in der Zeit, das – ist der Prozess des Entfaltens vorüber – eine innere Empfindung zurückließe, die wir »Viereck« oder »Kreis« nennen würden, könnten wir die Literatur zur Mathematik zählen. Und die Beurteilung, ob ein Buch gelungen ist oder nicht, läge nicht länger in den Händen der Kritiker. Die Geometrie würde darüber entscheiden.

Am Ende ihres Essays vergleicht Virginia Woolf die Freude des Lesens mit den Freuden des Himmels. Gott, der in seinem Himmel festsitzt, beneidet sogar die menschlichen Leser*innen – denn während sein Himmel *ein* Ort ist, führen Bücher an unzählige Orte. Den Leser*innen wird es nicht langweilig wie Gott.

Allerdings bin ich nicht der Ansicht, dass der Essay *Wie sollte man ein Buch lesen?* ein Lobgesang auf die himmlischen Freuden des Lesens wäre. Mit jedem Lesen bleibe ich mit einem dunkleren Gefühl zurück. Ich glaube, Woolf schrieb den Essay zum Teil aus einem Missfallen daran, an den Kritikern vorbeizumüssen, um an ihre Leser*innen zu gelangen. Wenn Leser*innen darin unterrichtet werden müssen, wie man besser liest, sagt sie, dann, um einen alternativen Maßstab zur Beurteilung der Schriftstellerin zu setzen, die sich von den Maßstäben der Kritiker angegriffen fühlt, die keinerlei tatsächlichen Maßstab anzubieten haben. Warum? Weil sie zu beschäftigt sind: »Bücher traben durch Rezensionen wie die vorüberziehenden Tiere in der Schießbude, und der Kritiker hat nur eine Sekunde zum Laden, Zielen und Schießen.« Eine Sekunde! Weil es aber immer professionelle Kritiker*innen geben wird, ist die einzige Hoffnung für alle, die schreiben, die, dass es eine andere Art der Kritik geben könnte, »die Meinung der Menschen, die um des Lesens Willen lesen, langsam und unprofessionell, die mit großer Sympathie und zugleich mit großer Ernsthaftigkeit urteilen.« Kann eine Vielzahl solcher Leser*innen über die hastigen Kritiker*innen triumphieren?

In den 1970er und 1980er Jahren veränderte sich das Ansehen Virginia Woolfs schnell und grundlegend: Aus einer wichtigen, aber wenig bekannten Schriftstellerin wurde eine kanonisierte und bedeutende, eine zentrale Figur in der englischen Literatur des zwanzigsten

Jahrhunderts. Wie kam es dazu? Es war hauptsächlich der harten Arbeit feministischer Akademiker*innen zu verdanken. Jahrzehnte nach Woolfs Tod tauchten jene Leser*innen auf, die sie sich gewünscht hatte – mit eigenen Maßstäben, die sich von denen der Zeitungskritiker*innen unterschieden –, lasen und verstanden ihre Romane. Biographien und unzählige wissenschaftliche Artikel und Bücher wurden über sie geschrieben, von Menschen, die jene Qualitäten besaßen, von denen Woolf glaubte, dass verantwortliche Leser*innen sie besitzen müssten: Geschmack, Einfühlungsvermögen, Geduld, Sympathie, Neugier, eine umfassende Lektürebiographie und ein Verständnis von Literatur, das aus Erfahrungen mit dem eigenen Schreiben resultiert.

Als ich jünger war, besaß ich eine Art blindes Vertrauen darin, dass die Literatur sich ihren eigenen Weg in die Welt bahnen würde – dass die Menschheit nicht das Beste dessen, was wir geschaffen haben, wegwerfen würde. Oder ich stellte mir vor, irgendeine Gottheit würde aus dem Müll retten, was immer die Menschheit aus Dummheit weggeworfen hatte. Aber inzwischen ist mir klar geworden, dass Literatur nur geschützt werden kann, wenn es Menschen gibt, die die individuelle Schönheit eines Kunstwerks zu erkennen vermögen und nicht darüber hinweggehen, weil beispielsweise die Identität der Person, die es erschuf, nicht mit der Identität von jemandem übereinzustimmen scheint, der herkömmlicherweise mit Größe assoziiert wird, oder die es nicht irritiert, wenn das Wesen eines Buches nicht augenblicklich klar wird. Ich begriff, dass Literatur nicht so selbstverständlich durch die Hände von Generationen geht wie Wasser, das über Felsen rinnt. Es gibt keine Schwerkraft, die die besten Kunstwerke durch die Zeiten hindurch auf der Erde hält. Oder wenn es sie gibt, dann sind es individuelle Leser*innen, die diese Kraft ausmachen.

Menschen können ein Buch schützen und

retten und es in der menschlichen Domäne aufbewahren, und ich bin derselben Auffassung wie Woolf, dass das weniger zu den täglichen Aufgaben der Kritiker*innen gehört, sondern dass es die Aufgabe derjenigen ist, die aus Interesse lesen und dann viele Exemplare kaufen und an Freunde verschenken, um ihr eigenes Vergnügen zu vervielfachen. Diese Menschen sind wie die Brise, die Samen aufweht und verstreut. Und die Literaturwissenschaftler*innen – die, die ein Leben gewählt haben, in dem das Lesen, Schreiben und Besprechen dessen, was sie gelesen haben, im Mittelpunkt steht – verrichten diese Arbeit mit Empathie.

Es scheint lohnenswert, ans eigene Bücherregal zu gehen und sich – sobald ein wenig Zeit vergangen ist und unsere Bücher in den Bereich der Erinnerung gerückt sind – zu fragen, welches Buch die interessantesten Formen hinterlassen hat, und dann jene Kraft zu sein, die diese Bücher aus den Regalen nimmt und ihre Samen in die Zukunft trägt.

Virginia Woolf

Wie sollte man ein Buch lesen?

Als Erstes möchte ich das Fragezeichen am Ende meines Titels hervorheben. Auch wenn ich die Frage beantworten könnte, würde die Antwort nur auf mich zutreffen, nicht auf Sie. Und tatsächlich ist der einzige Rat, den ein Mensch einem anderen über das Lesen geben kann, der, auf jeden Rat zu verzichten und dem eigenen Instinkt zu folgen, den eigenen Verstand zu benutzen, zu eigenen Schlussfolgerungen zu kommen. Wenn wir uns darauf einigen können, dann fühle ich mich frei genug, Ihnen einige Ideen und Vorschläge zu unterbreiten, ohne dass Sie dadurch versucht wären, Ihrer Unabhängigkeit Fesseln anzulegen, denn das ist die wichtigste Eigenschaft einer Leserin. Welche Gesetze können schon über Bücher erlassen werden? Die Schlacht von Waterloo fand mit Sicherheit an einem bestimmten Tag statt; aber ist *Hamlet* ein besseres Theaterstück als *König Lear*? Das vermag niemand zu sagen. Diese Frage muss jeder mit sich selbst ausmachen. Autoritäten, mögen sie auch noch so bepelzt und gewandet sein, in unseren Bibliotheken zuzulassen, die uns sagen, wie man lesen soll, was man lesen soll, welchen Wert wir dem beimessen sollen, was wir lesen, bedeutet, den Geist der Freiheit zu zerstören, der der Atem dieses heiligen Ortes ist. Überall sonst mögen wir durch Gesetze und Konventionen gebunden sein – hier haben wir keine.

Um aber die Freiheit zu genießen, wenn Sie mir diese Plattitüde verzeihen, müssen wir uns natürlich kontrollieren. Wir dürfen unsere Kräfte nicht verschwenden, hilflos und unwissend, nicht die Hälfte des Hauses besprühen, nur um einen einzigen Rosenstrauch zu gießen, wir müssen sie ausbilden, präzise und stark, an genau diesem Ort. Das ist möglicherweise eine der ersten Schwierigkeiten, mit denen wir in einer Bibliothek konfrontiert sind. Was ist »dieser Ort«? Es mag sehr wohl den Anschein haben, dass sich hier nichts anderes als ein Sammelsurium und ein verwirrendes Durcheinander befindet. Gedichte und Romane, Geschichtswerke und Memoiren, Wörterbücher und Blaubücher; Bücher, die in allen Sprachen von Männern und Frauen jeglichen Temperaments und Alters und jeglicher Herkunft geschrieben wurden, drängen sich auf den Regalen. Und draußen schreit der Esel, tratschen die Frauen an der Pumpe, galoppieren die Fohlen über die Felder. Wo sollen wir anfangen?

Wie bringen wir Ordnung in dieses unüberschaubare Chaos und ziehen das tiefste und umfassendste Vergnügen aus dem, was wir lesen?

So viel lässt sich sagen: Da Bücher Gattungen haben – Fiktion, Biographie, Lyrik –, sollten wir sie trennen und uns von jeder das nehmen, was sie uns korrekterweise geben sollte. Und doch verlangen nur wenige von Büchern, was die Bücher uns zu geben vermögen. Im Allgemeinen greifen wir mit verschwommenen und unklaren Absichten nach Büchern, verlangen von der Fiktion, dass sie wahr ist, von der Lyrik, dass sie falsch ist, von der Biographie, dass sie schmeichelt, von der Geschichte, dass sie unsere Vorurteile bestätigt. Wenn wir alle diese vorgefassten Meinungen während des Lesens vertreiben könnten, wäre das ein bewundernswerter Anfang. Schreiben Sie Ihrer Autorin nichts vor; versuchen Sie, sie zu werden. Werden Sie zu ihrer Kollegin und ihrer Komplizin. Wenn Sie zunächst zögern, Vorbehalte haben und kritisieren, werden Sie sich davon abhalten, den größtmöglichen Nutzen aus dem zu ziehen, was Sie lesen. Wenn Sie Ihren Geist aber so weit wie möglich öffnen, dann werden Zeichen und Hinweise von beinahe unfassbarer Feinheit Sie bereits mit den Drehungen und Windungen der ersten Sätze in die Gegenwart eines menschlichen Wesens hineinversetzen, das wie kein anderes ist. Versenken Sie sich darin, machen Sie sich damit vertraut, und schnell werden Sie herausfinden, dass Ihre Autorin Ihnen etwas weitaus Konkreteres gibt oder zu geben versucht. Die zweiunddreißig Kapitel eines Romans – wenn wir als Erstes darüber nachdenken, wie man einen Roman liest – sind ein Versuch, etwas zu errichten, das so gestaltet und unter Kontrolle ist wie ein Gebäude: Aber Worte sind weniger greifbar als Ziegel; das Lesen ist ein längerer und komplizierterer Vorgang als das Sehen. Der schnellste Weg, die Elemente dessen zu verstehen, was eine Romanautorin tut, besteht vielleicht nicht im Lesen, sondern im Schreiben; darin, eigene Experimente mit den Gefahren und Schwierigkeiten anzustellen, die Worte mit sich bringen. Erinnern Sie sich also an ein Ereignis, das einen starken Eindruck bei Ihnen hinterlassen hat – wie Sie etwa an einer Straßenecke an zwei Menschen vorüberkamen, die sich unterhielten. Das Schwanken eines Baums, das Tanzen eines elektrischen Lichts; der Ton des Gesprächs war voller Komik, aber auch Tragik, ein vollständiges Bild, ein kompletter Entwurf schien in diesem Augenblick enthalten zu sein.

Aber sobald Sie versuchen, ihn in Worten zu rekonstruieren, werden Sie feststellen, dass er in tausend widersprüchliche Eindrücke zerfällt. Einige müssen vernachlässigt werden, andere betont, und im Zuge dessen werden Sie wahrscheinlich das darin enthaltene Gefühl verlieren. Wenden Sie sich daraufhin von Ihren verschmierten und zugekleisterten Seiten ab und den ersten Seiten großer Autoren und Autorinnen zu – Defoe, Jane Austen, Hardy. Sie werden jetzt besser in der Lage sein, ihre Meisterschaft zu würdigen. Wir befinden uns nicht einfach nur in Gegenwart einer anderen Person – Defoe, Jane Austen oder Thomas Hardy –, sondern wir leben in einer anderen Welt. Hier, bei *Robinson Crusoe*, trotten wir über eine schlichte Chaussee; ein Ereignis folgt dem nächsten; die Tatsache und die Reihenfolge der Tatsachen genügen. Aber wo Defoe freier Himmel und Abenteuer alles bedeuten, bedeuten sie Jane Austen nichts. Ihre Sache sind der Salon und Menschen, die sich unterhalten und in den vielen Spiegeln ihrer Gespräche ihren Charakter enthüllen. Und wenn wir uns, nachdem wir mit dem Salon und seinen Spiegelungen vertraut geworden sind, Hardy zuwenden, wirbelt es uns noch einmal herum. Rings um uns her sind die Moore und über unseren Köpfen die Sterne. Nun ist die andere Seite des Geistes enthüllt – die dunkle Seite, die in der Abgeschiedenheit nach oben dringt, nicht die helle Seite, die sich in Gesellschaft zeigt. Unsere Beziehungen betreffen nicht Menschen, sondern die Natur und das Schicksal. So verschieden diese Welten auch sind, ist doch jede in sich selbst schlüssig. Der Schöpfer einer jeden nimmt sorgfältig die Gesetze der eigenen Perspektive wahr, und wie groß die Strapaze auch sein mag, die sie uns auferlegen, werden sie uns doch nie durcheinanderbringen, wie es weniger gute Autorinnen und Autoren so häufig tun, indem sie etwa zwei verschiedene Wirklichkeiten in ein und demselben Buch eröffnen. Von einer großen Autorin zum nächsten großen Autor zu wechseln – von Jane Austen zu Hardy, von

Peacock zu Trollope, von Scott zu Meredith –, bedeutet deshalb, entwurzelt und herausgerissen, in diese Richtung und in jene geworfen zu werden. Einen Roman zu lesen, ist eine schwierige und komplexe Kunst. Sie müssen nicht nur zu einer großen Sensibilität der Wahrnehmung in der Lage sein, sondern auch zu einer großen Kühnheit der Phantasie, um aus allem, was Ihnen die große Romanautorin – die große Künstlerin – gibt, einen Nutzen zu ziehen.

Aber ein flüchtiger Blick auf die heterogene Gesellschaft auf dem Regal wird Ihnen zeigen, dass Autorinnen und Autoren sehr selten »große Künstlerinnen und Künstler« sind, weit häufiger hat ein Buch nicht einmal den Anspruch, ein Werk der Kunst zu sein. Diese Biographien und Autobiographien zum Beispiel, die Leben großer Männer, Männer, die lange tot und vergessen sind, die Wange an Wange neben den Romanen und Gedichten stehen; sollen wir sie ablehnen, weil sie keine »Kunst« sind? Oder sollen wir sie lesen, aber auf andere Weise, mit anderer Absicht? Sollen wir sie vor allem lesen, um die Neugier zu stillen, die uns manchmal überkommt, wenn wir abends vor einem Haus verweilen, in dem die Lichter brennen und die Jalousien noch nicht heruntergelassen sind, und jede Etage des Hauses uns einen anderen Bereich des gegenwärtigen menschlichen Lebens zeigt? Dann werden wir von der Neugier auf das Leben dieser Menschen verzehrt – die tratschenden Diener, die dinierenden Herren, das Mädchen, das sich für eine Party kleidet, die alte Frau am Fenster mit ihrer Strickerei. Wer sind sie, was sind sie, wie heißen sie, womit beschäftigen sie sich, was sind ihre Gedanken und Abenteuer?

Biographien und Memoiren geben Antworten auf solche Fragen, erhellen unzählige solcher Häuser; sie zeigen uns Menschen, die ihrem Tagwerk nachgehen, die schuften, scheitern, Erfolg haben, die essen, hassen, lieben, bis sie sterben. Und manchmal verblassen die Häuser, während wir zuschauen, und die eisernen Geländer verschwinden, und wir sind weit draußen auf See; wir fischen und segeln und streiten, wir befinden uns unter Wilden und Soldaten; wir nehmen an großen Feldzügen teil. Oder, wenn wir hier in England bleiben wollen, in London, verändert sich die Szenerie trotzdem, die Straße wird schmaler, das Haus wird klein, beengt, bekommt Bleiglasfenster und einen üblen Geruch. Wir sehen einen Dichter, Donne, den es aus einem solchen Haus vertrieben hat, weil die Wände so dünn sind, dass die Stimmen der schreienden Kinder sie durchschneiden. Wir können ihm auf den Pfaden, die sich durch die Buchseiten ziehen, nach Twickenham folgen, zum Bedford Park, einem berühmten Treffpunkt für Adlige und Dichter, und unsere Schritte dann nach Wilton lenken, zum großen Haus unterhalb der Hügel, und Sidney seiner Schwester aus der *Arcadia* vorlesen hören, und wir können in eben jenen Sümpfen umherstreifen und eben jene Reiher sehen, die in dieser berühmten Liebesgeschichte vorkommen, und dann mit Anne Clifford, der anderen Lady Pembroke, wieder nach Norden reisen, zu ihren wilden Mooren, oder uns in die Stadt stürzen und unsere Belustigung zügeln, sobald wir Gabriel Harveys gewahr werden, der in seinem schwarzen Samtanzug mit Spenser über Poesie diskutiert. Nichts ist faszinierender, als tastend durch das sich mit Glanz abwechselnde Dunkel des Elisabethanischen London zu stolpern. Aber dort ist kein Bleiben. Die Temples und die Swifts, die Harleys und St Johns winken uns voran; Stunde um Stunde kann darüber vergehen, ihre Streitigkeiten zu entwirren und ihre Figuren zu enträtseln; und wenn wir ihrer überdrüssig sind, können wir weiterschlendern, an einer Dame in Schwarz vorbei, die Diamanten trägt, zu Samuel Johnson und Goldsmith und Garrick; oder den Ärmelkanal überqueren, wenn wir wollen, und Voltaire und Diderot treffen, Madame du Deffand; und erneut zurück nach England und Twickenham – wie sich bestimmte Orte wiederholen und bestimmte

Namen! –, wo Lady Bedford einst ihren Park hatte und Pope später lebte, zu Walpoles Heim am Strawberry Hill.

Aber Walpole stellt uns einen solchen Schwarm neuer Bekanntschaften vor, es gibt so viele Häuser zu besuchen und Glocken zu läuten, dass wir sehr wohl einen Moment innehalten können, zum Beispiel auf der Türschwelle von Miss Berry, als – sieh an – Thackeray auftaucht; er ist der Freund jener Frau, die Walpole geliebt hat; sodass wir einfach, indem wir von Freund zu Freund gehen, von Garten zu Garten, von Haus zu Haus, von einem Ende der englischen Literatur zum anderen gegangen sind und uns beim Aufwachen hier in der Gegenwart wiederfinden, falls wir diesen Augenblick von allen, die zuvor verstrichen sind, auf diese Weise unterscheiden wollen. Dies also ist eine der Möglichkeiten, wie wir diese Leben und Briefe lesen können, wir können sie die vielen Fenster der Vergangenheit erhellen lassen, wir können die berühmten Toten bei ihren vertrauten Gewohnheiten beobachten und uns zuweilen einbilden, dass wir ihnen sehr nah sind und sie bei ihren Geheimnissen überraschen, und manchmal könnten wir ein Theaterstück oder ein Gedicht hervorholen, das sie geschrieben haben, und sehen, ob es sich in Gegenwart des Autors anders liest. Das allerdings ruft wiederum andere Fragen hervor.

Inwieweit, müssen wir uns fragen, ist ein Buch vom Leben seines Autors beeinflusst – inwieweit ist es geraten, den Mann den Schriftsteller interpretieren zu lassen? Inwieweit sollen wir uns den Sympathien und Antipathien, die der Mann selbst in uns hervorruft, widersetzen oder ihnen freien Lauf lassen – so empfindsam, wie Worte sind, so aufnahmefähig sind sie für den Charakter des Autors? Diese Fragen drängen sich uns auf, wenn wir Biographien und Briefe lesen, und wir müssen sie für uns selbst beantworten, denn nichts könnte fataler sein, als uns in einer so persönlichen Angelegenheit von den Vorlieben anderer leiten zu lassen.

Wir können diese Bücher aber auch mit einer anderen Absicht lesen, nicht um Licht in die Sache der Literatur zu bringen, nicht um uns mit berühmten Menschen vertraut zu machen, sondern um unsere eigenen schöpferischen Fähigkeiten aufzufrischen und auszubilden. Gibt es auf der rechten Seite des Bücherregals nicht ein offenes Fenster? Wie herrlich, mit dem Lesen aufzuhören und hinauszuschauen. Wie anregend ist die Szenerie in ihrer Irrelevanz, ihrer unaufhörlichen Regsamkeit, ihrer Selbstvergessenheit – die Fohlen, die über das Feld galoppieren, die Frauen, die ihren Eimer am Brunnen füllen, der Esel, der seinen Kopf zurückwirft und seinen langen bitteren Klagelaut ausstößt. Der größte Teil jeder Bibliothek ist nichts anderes als eine Sammlung solcher flüchtigen Momente im Leben von Männern, Frauen und Eseln. Jede Literatur, die in die Jahre kommt, hat ihren Müllhaufen, ihre Sammlung entschwundener Momente und vergessener Leben, erzählt in stammelnden und schwachen Dialekten, die untergegangen sind. Wenn Sie sich jedoch dem Vergnügen des Müll-Lesens widmen, werden Sie überrascht sein, Sie werden sogar überwältigt sein von den Relikten menschlichen Lebens, die man dem Moder überlassen hat. Es mag nur ein Brief sein – aber welche Vision er bereithält! Es mögen nur wenige Sätze sein – aber welche Ausblicke sie nahelegen! Manchmal ergibt sich daraus eine ganze Geschichte von einem so wunderbaren Humor und Pathos und einer solchen Vollkommenheit, dass es den Anschein hat, ein großer Autor wäre am Werk gewesen, und doch ist es nur ein alter Schauspieler, Tate Wilkinson, der sich an die seltsame Geschichte von Captain Jones zurückerinnert; ist es nur ein Offizier von niederem Rang, der unter Arthur Wellesley dient und sich in Lissabon in ein hübsches Mädchen verliebt; ist es nur Maria Allen, die ihre Näharbeit im leeren Salon fallen lässt und seufzt, wie sehr sie wünscht, sie hätte auf Dr. Burneys guten Ratschlag gehört und wäre nie mit ihrem Rishy durchgebrannt. Nichts davon ist von irgendeinem Wert; es ist in höchstem Grade unbedeutend; und wie fesselnd ist es dennoch, ab und zu die Müllhaufen durchzugehen und Ringe und Scheren und gebrochene Nasen zu finden, die in der gewaltigen Vergangenheit begraben liegen, und zu versuchen, sie zusammenzufügen, während das Fohlen über das Feld galoppiert, die Frau ihren Eimer am Brunnen füllt und der Esel schreit.

Aber auf die Dauer ermüdet uns das Müll-Lesen. Es ermüdet uns, nach dem zu suchen, was nötig ist, um die Halbwahrheit zu vervollständigen, denn mehr als das haben uns die Wilkinsons, die Bunburys und die Maria Allens nicht anzubieten. Sie besaßen nicht die Fähigkeit des Bewältigens und Auswählens, die Künstler und Künstlerin besitzen, sie konnten nicht die ganze Wahrheit erzählen, nicht einmal die ihres eigenen Lebens, sie entstellten die Geschichte, die so wohlgestaltet hätte sein können. Außer Tatsachen haben sie uns nichts zu bieten, und Tatsachen sind eine sehr minderwertige

Form der Fiktion. So wächst in uns das Verlangen, die Halbaussagen und Andeutungen hinter uns zu lassen, das minutiöse Aufspüren von Schattierungen des menschlichen Charakters zu beenden und uns an größerer Abstraktheit zu erfreuen, an der reineren Wahrheit der Fiktion. Stellen wir also die Stimmung her, intensiv und verallgemeinernd, taub gegenüber der Einzelheit, aber durchzogen von einem gleichmäßigen, wiederkehrenden Rhythmus, dessen natürlicher Ausdruck die Poesie ist; und dann ist es Zeit, Gedichte zu lesen; wenn wir beinahe in der Lage sind, welche zu schreiben.

Westwind, wann wirst du wehen?
Der kleine Regen kann regnen hernieder.
Herrgott, wäre meine Geliebte in meinem Arm
Und ich in meinem Bette wieder![1]

Die Wirkung von Poesie ist so stark und direkt, dass für einen Augenblick keine andere Empfindung mehr existiert außer der des Gedichts selbst. Welche profunden Tiefen wir dann besuchen – wie unmittelbar und vollkommen unsere Versenkung ist! Hier gibt es nichts, was man zu fassen bekommen müsste; nichts, was uns in unserem Flug stoppen könnte.

Die Illusion der Fiktion vollzieht sich allmählich, ihre Wirkungen sind vorbereitet; wer aber hält beim Lesen dieser vier Zeilen inne, um sich zu fragen, wer sie schrieb, oder beschwört den Gedanken an Donnes Haus oder Sidneys Sekretär herauf oder verwickelt sie in die Verstrickungen der Vergangenheit und die Abfolge von Generationen? Das Dichten bedeutet immer Zeitgenossenschaft. Unser momentanes Dasein ist zentriert und eingeschränkt, wie es unter jedem gewaltsamen Schock persönlicher Gefühle der Fall ist. Im Nachhinein, das ist wahr, beginnt das Gefühl, sich in größeren Kreisen in unserem Geist auszubreiten; entferntere Sinne werden erreicht, die zu klingen und sich einzumischen beginnen, und wir werden der Echos und Spiegelungen gewahr. Die Intensität der

Poesie deckt eine enorme Breite an Gefühlen ab. Wir brauchen nur zu vergleichen, etwa die Stärke und Direktheit von

Wie ein Baum werde ich stürzen und finden mein
Grab,
Nur um mich meiner Trauer zu erinnern[2]

mit der schwankenden Modulation folgender Zeilen:

Minuten gezählt vom Fallen des Sandes
Wie durch ein Stundenglas, die Spanne der Zeit,
Die uns zu Grabe trägt, und wir schauen auf sie;
Ein Zeitalter der Vergnügungen, das ausschweifend
war,
Kommt schließlich heim und endet im Kummer,
aber das Leben,
Der Tumulte überdrüssig, zählt jedes Sandkorn,
In Seufzern sich windend, bis auch das letzte
gefallen ist,
um so das Unglück in ewiger Ruhe zu beschließen.[3]

Oder stellen wir die meditative Ruhe von

Ob wir jung sind oder alt,
Unser Schicksal, unser Wesen, unsere Heimat
Ist die Unendlichkeit, und auch nur dort
Ist Hoffnung, Hoffnung, die nie sterben kann,
Mühe und Erwartung und Verlangen
Und etwas immerfort Werdendes[4]

neben die vollkommene und nie versiegende Schönheit von

Der mächtige Mond ging am Himmel auf,
Ohne zu verweilen:
Sachte nahm er seinen Lauf,
Zur Seite ein paar Sterne –[5]

oder neben die herrliche Phantasie folgender Zeilen

Und der Mensch beim Waldspazieren
Hält nicht inne im Flanieren
Wenn, weit unten auf begrünten Matten,

Ins Brennen der großen Welt
Eine zarte Flamme fällt,
die scheinbar ihm den Blick erhellt
als ein Krokus im Schatten[6]

um uns auf die mannigfaltige Kunst des Dichters zu besinnen; seine Fähigkeit, augenblicklich Schauspielerin und Zuschauerin aus uns zu machen; seine Fähigkeit, mit der Hand in eine Figur zu schlüpfen, als wäre sie ein Handschuh, und Falstaff oder Lear zu sein, seine Fähigkeit, zu verdichten, zu erweitern, zu benennen, einmal und für immer.

»Wir brauchen nur zu vergleichen« – mit diesen Worten ist die Katze aus dem Sack und die wahre Komplexität des Lesens eingestanden. Der erste Vorgang, Eindrücke mit äußerstem Verständnis aufzunehmen, ist beim Lesen nur der halbe Vorgang, er muss durch einen weiteren vervollständigt werden, wenn wir an einem Buch das volle Vergnügen haben wollen. Wir müssen ein Urteil über die zahlreichen Eindrücke fällen; wir müssen aus diesen flüchtigen Formen eine machen, die fest und dauerhaft ist. Aber nicht direkt. Warten Sie, bis sich der Staub des Lesens gelegt hat, bis der Konflikt und die Fragen abgeklungen sind, gehen Sie, reden Sie, zupfen Sie die toten Blütenblätter von einer Rose oder schlafen Sie ein. Und auf einmal, ohne unser Wollen, denn so nimmt die Natur solche Wandlungen vor, wird das Buch wiederkehren, allerdings anders. Es wird das Denken als Ganzes bestimmen. Und das Buch als ein Ganzes ist etwas anderes als das Buch, das man fortlaufend in einzelnen Sätzen aufnimmt. Einzelheiten rücken an ihren Platz. Wir sehen die Form von Anfang bis Ende; sie ist eine Scheune, ein Schweinestall oder eine Kathedrale. Nun können wir ein Buch mit einem Buch vergleichen, wie wir ein Gebäude mit einem Gebäude vergleichen. Aber dieser Vorgang des Vergleichens heißt, dass unsere Haltung sich verändert hat; wir sind nicht länger die Freunde der Autorin, sondern ihre Richterinnen und

Richter, und ebenso wie wir als Freunde nicht allzu wohlwollend sein können, können wir als Richterinnen nicht allzu streng sein. Sind sie denn aber keine Verbrecher, Bücher, die unsere Zeit und Sympathie verschwendet haben, sind sie nicht die hinterhältigsten Feinde der Gesellschaft, Verführer, Schänder, diese Autorinnen und Autoren falscher Bücher, unechter Bücher, Bücher, die die Luft mit Verfall und Krankheiten erfüllen? Lassen Sie uns also streng in unseren Urteilen sein; lassen Sie uns jedes Buch mit dem größten seiner Art vergleichen. Dort hängen sie, im Geist, die Formen der Bücher, die wir gelesen haben, erstarrt in den Urteilen, die wir über sie gefällt haben – *Robinson Crusoe, Emma, Auf verschlungenen Pfaden.* Vergleichen Sie die Romane mit diesen – auch der jüngste und schwächste Roman hat das Recht, mit den besten verglichen zu werden. Und so ist es auch mit der Poesie – wenn der rhythmische Rausch abgeklungen ist und die Pracht der Worte verblasst, wird eine visionäre Form zu uns zurückkehren, und diese muss mit *König Lear*, mit *Phädra*, mit Wordsworths *Präludium* verglichen werden, oder wenn nicht mit diesen, dann mit dem, was das Beste ist oder uns als das Beste seinesgleichen erscheint. Und wir können sicher sein, dass das Neuartige an neuer Poesie und Fiktion ihre oberflächlichste Eigenschaft ist und dass wir die Maßstäbe, mit denen wir das Alte beurteilt haben, nur leicht verändern, aber nicht neu entwerfen müssen.

Es wäre also dumm, so zu tun, als wäre der zweite Teil des Lesens, das Urteilen, das Vergleichen, so einfach wie der erste – sich den Scharen unzähliger, schneller Eindrücke geistig weit zu öffnen. Mit dem Lesen fortzufahren, ohne das Buch vor Augen zu haben, eine Schattenform neben eine andere zu halten, umfassend genug gelesen zu haben und mit genügend Verständnis, um derartige Vergleiche auf lebendige und erhellende Weise anzustellen – das ist schwierig, noch schwieriger ist es, darüber hinauszugehen und zu sagen: »Das Buch ist nicht nur von dieser

Art, sondern hat auch jenen Wert, hier scheitert es, dort gelingt es, dieses ist schlecht, jenes ist gut.« Um diesen Teil der Pflicht einer Leserin zu erfüllen, braucht es eine solche Einbildungskraft und Kenntnis und ein solches Wissen, dass es schwierig ist, sich irgendeinen Geist vorzustellen, der damit ausreichend ausgestattet wäre; unmöglich noch dem selbstsichersten, mehr als die Samen solcher Fähigkeiten in sich zu finden. Wäre es dann nicht klüger, diesen Teil des Lesens sein zu lassen und es den Kritikern, den bepelzten und gewandeten Autoritäten der Bibliothek, zu gestatten, die Frage nach dem absoluten Wert eines Buches für uns zu entscheiden? Doch wie unmöglich! Wir können den Wert der Sympathie hervorheben, wir können unsere Identität während des Lesens vernachlässigen. Aber wir wissen, dass wir nicht gänzlich sympathisieren oder uns gänzlich versenken können; es gibt immer einen Dämon in uns, der flüstert: »Ich hasse, ich liebe«, und wir können ihn nicht zum Schweigen bringen. Vielmehr ist unsere

Beziehung mit den Dichterinnen und Dichtern, den Romanautoren und Romanautorinnen, gerade weil wir hassen und weil wir lieben, so innig, dass wir die Gegenwart einer anderen Person als unerträglich empfinden. Und auch wenn die Ergebnisse scheußlich sind und unsere Urteile falsch, ist doch unser Geschmack, dieser Nerv des Gefühls, der Schockwellen durch unser Inneres sendet, unsere wichtigste Lichtquelle; wir lernen durch Fühlen, wir können unsere Eigenart nicht unterdrücken, ohne sie verkümmern zu lassen. Aber im Laufe der Zeit können wir vielleicht unseren Geschmack ausbilden, vielleicht können wir ihn einer gewissen Kontrolle unterziehen. Wenn er gierig und großzügig mit Büchern jeder Art gefüttert wurde – Poesie, Fiktion, Geschichtswerke, Biographien – und mit dem Lesen aufgehört und weite Zwischenräume innerhalb der Vielfalt gesucht hat, das Unzusammenhängende in der lebendigen Welt, werden wir feststellen, dass der Geschmack sich ein wenig verändert, er ist nicht länger so gierig, er lässt Reflektionen zu. Er wird uns nicht einfach nur mit Urteilen über gewisse Bücher versorgen, sondern uns mitteilen, dass bestimmte Bücher gemeinsame Eigenschaften besitzen. Hör mal, wird er sagen, wie sollen wir sie bezeichnen? Und vielleicht wird er uns *König Lear* vorlesen und dann vielleicht *Agamemnon*, um diese Eigenschaft hervorzuholen. Und so werden wir uns, indem wir unserem Geschmack folgen, über das eine Buch hinauswagen auf der Suche nach Eigenschaften, die Bücher zu einer Gruppe zusammenfassen; wir werden ihnen Namen geben und so eine Regel aufstellen, die Ordnung in unsere Empfindungen bringt. Wir werden ein tieferes und selteneres Vergnügen aus dieser Differenzierung gewinnen. Aber da eine Regel nur lebt, wenn sie ständig durch den Kontakt mit den Büchern gebrochen wird – nichts ist leichter und lächerlicher, als Regeln aufzustellen, die in einem Vakuum existieren und nicht mit Tatsachen in Berührung kommen –, können wir uns nun endlich jenen seltenen Autorinnen und Autoren zuwenden, die in der Lage sind, uns über Literatur als Kunst aufzuklären. Coleridge und Dryden und Johnson mit ihrer wohlüberlegten Kritik, die Dichter und Romanautorinnen selbst mit ihren unüberlegten Reden sind oft überraschend relevant, sie erhellen und erhärten die vagen Ideen, die in den trüben Tiefen unseres Geistes herumgetaumelt sind. Aber sie alle sind nur in der Lage, uns zu helfen, wenn wir beladen mit Fragen und Vorstellungen zu ihnen kommen, die wir ernsthaft im Zuge unseres eigenen Lesens gewonnen haben. Sie können nichts für uns tun, wenn wir uns herdenhaft unter ihrer Autorität zusammendrängen und wie Schafe in den Schatten einer Hecke legen. Wir können ihr Urteil nur verstehen, wenn es mit unserem eigenen in Konflikt gerät und es bezwingt.

Wenn das so ist, wenn die seltensten Qualitäten aus Einbildungskraft, Kenntnis und Urteilsvermögen erforderlich sind, um ein Buch so zu lesen, wie es gelesen werden sollte, könnten Sie vielleicht zu dem Schluss kommen, dass die Literatur eine sehr komplexe Kunstform ist und wir wahrscheinlich auch nach lebenslanger Lektüre nicht in der Lage sein werden, irgendetwas Wertvolles zu ihrer Kritik beizutragen. Wir müssen Leserinnen bleiben, wir werden nicht den zusätzlichen Glanz erlangen, der jenen raren Wesen anhaftet, die außerdem noch Kritiker sind. Aber wir haben dennoch unsere Verantwortlichkeiten als Leserinnen und sogar unsere eigene Wichtigkeit. Die Maßstäbe, die wir setzen und die Urteile, die wir fällen, dringen an die Luft und werden Teil der Atmosphäre, die Autorinnen und Autoren während des Arbeitens atmen. Ein Einfluss ist geschaffen, der auf sie wirkt, auch wenn er nie im Druck erscheint. Und dieser Einfluss, ist er gut unterrichtet, kraftvoll, individuell und aufrichtig, könnte heutzutage von großem Wert sein, da die Kritik zwangsläufig unbrauchbar wird, wo Bücher durch Rezensionen traben wie die vorbeiziehenden Tiere in der Schießbude, und der Kritiker nur eine Sekunde zum Laden, Zielen und Schießen hat und ihm selbstverständlich verziehen werden muss, wenn er Hasen für Tiger hält, Adler für Federvieh oder überhaupt das Ziel verfehlt und seinen Schuss an eine friedliche Kuh vergeudet, die auf einer fernen Weide grast. Wenn die Schriftstellerin nun das Gefühl hat, dass es jenseits der unberechenbaren Schießerei der Presse noch eine andere Art der Kritik gibt, und zwar die Meinung der Menschen, die um des Lesens willen lesen, langsam und unprofessionell, und mit großer Sympathie und doch mit großer Strenge urteilen, sollte das nicht die Qualität ihrer Arbeit beeinflussen? Und wenn mit unseren Möglichkeiten Bücher stärker würden, reicher und vielfältiger, wäre das ein erstrebenswertes Ende.

Aber wer liest schon, um ein Ende herbeizuführen, mag es auch noch so wünschenswert sein? Gibt es nicht einige Tätigkeiten, mit denen wir uns beschäftigen, weil sie als solche schön sind, und einige Vergnügen, die unsere letzten sind? Und gehört das Lesen nicht dazu? Ich habe manchmal doch zumindest davon geträumt, dass der Allmächtige, wenn der Tag des Jüngsten Gerichts dämmert und die großen Eroberer und Anwälte und Staatsmänner auftauchen, um ihre Belohnung zu erhalten – ihre Kronen, ihre Lorbeeren, ihre Namen unauslöschlich in ewiges Marmor gemeißelt –, sich an Petrus wenden und, sobald er uns mit unseren Büchern unter den Armen herankommen sieht, nicht ohne einen gewissen Neid sagen wird: »Siehe, diese brauchen keine Belohnung. Wir können ihnen hier nichts geben. Sie haben das Lesen geliebt.«

Virginia Woolf

Die Literatur ist für alle da

Die immense geistige Tätigkeit, die sich im späteren achtzehnten Jahrhundert bei Frauen zeigte – die Gespräche, die Zusammenkünfte, das Schreiben von Essays über Shakespeare, das Übersetzen der Klassiker –, gründete auf der soliden Tatsache, dass Frauen mit dem Schreiben Geld verdienen konnten. Geld ehrt das, was als frivol gilt, bleibt es unbezahlt. Diese Frauen mochten immer noch als »Blaustrümpfe, die die Schreiberei juckt« verspottet werden, aber es ließ sich nicht länger verleugnen, dass das Schreiben Geld in ihre Portemonnaies brachte. So vollzog sich gegen Ende des achtzehnten Jahrhunderts ein Wandel, den ich, wenn ich die Geschichte neu schriebe, umfassender beschreiben und für weitaus wichtiger halten würde als die Kreuzzüge oder die Rosenkriege. Die Frau der Mittelschicht begann zu schreiben. Denn wenn Jane Austens *Stolz und Vorurteil* von Bedeutung ist und George Eliots *Middlemarch* und Charlotte Brontës *Villette* und Emily Brontës *Sturmhöhe* von Bedeutung sind, dann ist es von weitaus größerer Bedeutung, als ich in einer Stunde Vortrag beweisen könnte, dass Frauen sich grundsätzlich dem Schreiben zuwandten und nicht nur die einsame Aristokratin, eingesperrt in ihrem Landhaus mit ihren Folianten und Flatteuren. Ohne diese Vorläuferinnen hätten Jane Austen, die Brontës oder George Eliot ebenso wenig schreiben können, wie Shakespeare ohne Marlowe geschrieben hätte oder Marlowe ohne Chaucer oder Chaucer ohne jene vergessenen Dichter, die den Weg bereiteten und die natürliche Wildheit der Zunge bändigten. Denn Meisterwerke sind keine einzelnen und einsamen Geburten; sie sind das Ergebnis vieler Jahre gemeinsamen Denkens, des Denkens des gesamten Volkes, sodass die Erfahrung der Masse hinter der einzelnen Stimme steht. Jane Austen hätte einen Kranz auf das Grab von Fanny Burney[7] legen und George Eliot dem robusten Schatten von Eliza Carter[8] Ehre erweisen sollen – der tapferen alten Frau, die eine Glocke an ihr Bettgestell band, um möglichst zeitig aufzuwachen und Griechisch zu lernen. Alle Frauen zusammen sollten Blumen auf das Grab von Aphra Behn[9] regnen lassen, das sich skandalöser-, aber völlig verdienterweise in Westminster Abbey befindet, denn sie war es, die ihnen das Recht erwarb, ihre eigene Meinung zu äußern. Sie ist es – so zwielichtig und voller Liebschaften ihr Leben auch war –, wegen der ich nicht wie ein bloßer Phantast klinge, wenn ich Ihnen heute Abend sage: Verdienen Sie fünfhundert im Jahr mithilfe Ihres Verstandes.

Hier war dann das frühe neunzehnte Jahrhundert erreicht. Und hier fand ich zum ersten Mal mehrere Regale, die ganz den Werken von Frauen vorbehalten waren. Aber warum, konnte ich nicht umhin zu fragen, als ich meinen Blick über sie schweifen ließ, waren es, von wenigen Ausnahmen abgesehen, alles Romane? Der ursprüngliche Impuls war das Dichten gewesen. Das »höchste Oberhaupt des Gesangs« war eine Dichterin.[10] Sowohl in Frankreich als auch in England gehen die Dichterinnen den Romanschriftstellerinnen voraus. Außerdem, dachte ich mit Blick auf die vier berühmten Namen, was hatte George Eliot mit Emily Brontë gemein? War Charlotte Brontë nicht daran gescheitert, Jane Austen zu verstehen? Außer der möglicherweise relevanten Tatsache, dass keine von ihnen ein Kind hatte, hätten sich in einem Raum wohl keine vier unterschiedlicheren Charaktere begegnen können – in einem Maße unterschiedlich, das dazu verführt, sich eine Zusammenkunft und ein Gespräch zwischen ihnen auszudenken. Und doch sahen sie sich alle durch eine seltsame Kraft genötigt, Romane zu schreiben, als sie schrieben. Hatte das etwas damit zu tun, dass sie aus der Mittelschicht stammten, fragte ich mich, und mit der Tatsache, die

Emily Davies[11] wenig später so unmissverständlich dargelegt hat, dass einer Familie der Mittelschicht im frühen neunzehnten Jahrhundert nur ein einziges Wohnzimmer zur allgemeinen Verfügung stand? Eine Frau, die schrieb, musste im gemeinsamen Wohnzimmer schreiben. Und sie wurde, wie Florence Nightingale sich vehement beschwerte – »Frauen haben nicht mal eine halbe Stunde … für sich allein« –, ständig unterbrochen. Aber es war immer noch leichter, auf diese Weise Prosa und Romane zu schreiben als Gedichte oder Dramen. Es verlangt weniger Konzentration. Jane Austen schrieb so bis ans Ende ihrer Tage. »Wie sie das alles bewerkstelligen konnte«, schrieb ihr Neffe in seinen Memoiren, »ist erstaunlich, denn sie hatte kein eigenes Arbeitszimmer, in das sie sich zurückziehen konnte, und einen Großteil der Arbeit muss sie im gemeinsamen Wohnzimmer erledigt haben, wo sie allen möglichen Störungen ausgesetzt war. Sie achtete darauf, dass ihre Beschäftigung weder den Dienstboten noch Besuchern oder irgendeiner anderen Person außerhalb der engsten Familie auffiel.«* Jane Austen versteckte ihre Manuskripte oder bedeckte sie mit einem Blatt Löschpapier. Außerdem war die einzige literarische Ausbildung, die eine Frau im frühen neunzehnten Jahrhundert bekam, die Ausbildung im Charakterstudium, in der Gefühlsanalyse. Ihr Empfindungsvermögen war jahrhundertelang unter Einwirkung des gemeinsamen Wohnzimmers geschult worden. Die Gefühle der anderen hatten sich ihr eingeschrieben; sie hatte die zwischenmenschlichen Beziehungen immer vor Augen. Deshalb schrieb die Frau der Mittelschicht, als sie sich dem Schreiben zuwandte, natürlicherweise Romane, obwohl zwei der vier hier genannten berühmten Frauen nicht von Natur aus Romanschriftstellerinnen waren, wie recht deutlich zu erkennen ist. Emily Brontë hätte lyrische Dramen schreiben sollen; die Überfülle des weiten Geistes von George

* *A Memoir of Jane Austen*, von ihrem Neffen James Edward Austen-Leigh.

Eliot hätte sich, als ihr schöpferischer Impuls versiegt war, ins Geschichtliche oder Biographische ergießen sollen. Dennoch schrieben sie Romane, man könnte sogar noch weitergehen, sagte ich mir und nahm *Stolz und Vorurteil* aus dem Regal, und sagen, dass sie gute Romane schrieben. Man kann, ohne Übertreibung und ohne das andere Geschlecht zu verletzen, sagen, dass *Stolz und Vorurteil* ein gutes Buch ist. Jedenfalls hätte man sich nicht zu schämen brauchen, wäre man beim Schreiben von *Stolz und Vorurteil* überrascht worden. Und doch war Jane Austen froh, wenn eine Türangel knarrte, damit sie ihr Manuskript verstecken konnte, bevor jemand hereinkam. Für Jane Austen hatte das Schreiben von *Stolz und Vorurteil* etwas Anrüchiges. Aber, überlegte ich, wäre *Stolz und Vorurteil* ein besserer Roman geworden, wenn Jane Austen es nicht für nötig gehalten hätte, ihr Manuskript vor Besuchern zu verstecken? Ich las ein oder zwei Seiten, um das zu überprüfen, konnte aber keine Hinweise darauf finden, dass die Umstände ihrem Werk im Geringsten geschadet hatten. Das war vielleicht das größte Wunder daran. Hier gab es eine Frau, die um 1800 ohne Hass schrieb, ohne Bitterkeit, ohne Angst, ohne zu protestieren, ohne zu predigen. So schrieb Shakespeare, dachte ich mit Blick auf *Antonius und Kleopatra*, und diejenigen, die Shakespeare und Jane Austen vergleichen, meinen damit vielleicht, dass der Geist beider alles Hinderliche verbrannt hatte, und aus diesem Grund wissen wir nichts über Jane Austen und nichts über Shakespeare, und aus diesem Grund dringt Jane Austen aus jedem Wort, das sie schrieb, und so ist es auch bei Shakespeare. Wenn Jane Austen an irgendeinem der äußeren Umstände litt, dann an der Beengtheit des Lebens, das ihr auferlegt war. Für eine Frau war es unmöglich, allein auszugehen. Sie reiste nie, sie fuhr nie in einem Omnibus durch London oder aß allein in einem Restaurant zu Mittag. Aber vielleicht war es Jane Austen gegeben, nicht das zu wollen, was sie nicht hatte. Ihre Begabung und die Lebensumstände passten perfekt zusammen. Ich bezweifle allerdings, dass das auch für Charlotte Brontë gilt, sagte ich mir, schlug *Jane Eyre* auf und legte es neben *Stolz und Vorurteil.*

Ich schlug es bei Kapitel zwölf auf, und ein Satz sprang mir ins Auge: »Mag mich tadeln, wer will.« Wofür wurde Charlotte Brontë getadelt?, fragte ich mich. Und ich las, dass Jane Eyre immer, wenn Mrs Fairfax Gelee zubereitete, aufs Dach stieg und über die Felder in die Ferne schaute. Und dann sehnte sie sich – und das war es, wofür sie getadelt wurde – »nach einem Sehvermögen, das diese Grenze überwinden konnte und bis in die betriebsame Welt reichte, bis in Städte und Gegenden voller Leben, von denen ich gehört, die ich aber nie gesehen hatte; weil ich mir mehr Lebenserfahrung wünschte, als ich besaß, mehr Austausch mit meinesgleichen, mehr und vielseitigere Bekanntschaften, als sie mir hier zur Verfügung standen. Ich wusste das Gute an Mrs Fairfax und Adèle zu schätzen, doch ich glaubte an die Existenz noch anderer, leidenschaftlicherer Qualitäten, und was ich glaubte, das wollte ich auch sehen.

Wer tadelt mich? Sicher viele, und manch einer wird mich unzufrieden nennen. Ich konnte es indes nicht ändern: Die Ruhelosigkeit lag in meiner Natur, und manchmal quälte sie mich. Dann fand ich nur Erleichterung, wenn ich den Korridor im dritten Stock auf und ab ging, geborgen in der Stille und Einsamkeit des Winkels, und meinem geistigen Auge erlaubte, bei allen vor ihm auftauchenden strahlenden Visionen zu verweilen – und es gab deren viele und glühende –, wenn ich meinem Herzen gestattete, sich von der jauchzenden Erregung emportragen zu lassen, in der es zwar vor Unruhe schwoll, sich aber auch lebendig weitete; und wenn ich – das war das Beste – mein inneres Ohr einer nicht enden wollenden Geschichte öffnete, einem Märchen, das meine Phantasie schuf und unaufhörlich weitererzählte, erfüllt von all dem

Leben, Feuer und Gefühl, nach dem ich mich sehnte und das ich in meinem gegenwärtigen Dasein nicht besaß.

Es ist zwecklos, von den Menschen zu fordern, sie sollten sich mit einem beschaulichen Dasein zufriedengeben. Sie brauchen Tätigkeit und Veränderung, und wer sie nicht hat, verschafft sie sich. Millionen sind zu einem stilleren Los verurteilt als ich, und Millionen lehnen sich insgeheim gegen ihr Schicksal auf. Niemand weiß, wie viel Rebellion – abgesehen von der politischen Rebellion – in den Menschenmassen gärt, die die Erde bevölkern. Es heißt, Frauen seien im Allgemeinen still und friedlich, aber Frauen empfinden genauso wie Männer, sie wollen genauso wie ihre Brüder ihre Talente anwenden und sich bewähren; sie leiden unter allzu strenger Einengung, unter völligem Stillstand genauso, wie die Männer leiden würden, und es ist engstirnig, wenn ihre bevorrechteten Mitmenschen fordern, sie sollten sich damit begnügen, Pudding zu kochen und Strümpfe zu stricken, Klavier zu spielen und Taschen zu besticken. Es ist gedankenlos, sie zu verurteilen oder auszulachen, wenn sie mehr tun oder lernen wollen, als Sitten und Gebräuche für ihr Geschlecht vorsehen.

Wenn ich so allein war, hörte ich nicht selten das Lachen von Grace Poole ...«[12]

Das ist ein ungeschickter Bruch, dachte ich. Es ist ärgerlich, auf einmal auf Grace Poole zu stoßen. Der Erzählfluss wird unterbrochen. Man könnte sagen, dachte ich und legte das Buch neben *Stolz und Vorurteil*, dass die Frau, die diese Seiten schrieb, mehr Genie besaß als Jane Austen, aber wenn man sie noch einmal liest und diesen Bruch bemerkt, diese Empörung, dann sieht man, dass sie ihr Genie nie unversehrt und zur Gänze zum Ausdruck bringen wird. Ihre Bücher werden entstellt und verzerrt sein. Sie wird im Zorn schreiben, wo sie ruhig schreiben sollte. Sie wird töricht schreiben, wo sie klug schreiben sollte. Sie wird über sich selbst schreiben, wo sie über ihre Figuren schreiben sollte. Sie hadert mit ihrem Schicksal. Was blieb ihr übrig, als jung zu sterben, eingeengt und gebrochen?

Man kam nicht umhin, für einen Augenblick mit dem Gedanken zu spielen, wie es gewesen wäre, wenn Charlotte Brontë, sagen wir, dreihundert im Jahr zur Verfügung gehabt hätte – aber die törichte Frau verkaufte sämtliche Rechte an ihren Romanen für ganze eintausendfünfhundert Pfund; wenn sie die geschäftige Welt und Städte und Gegenden voll Leben hätte kennenlernen können; mehr praktische Erfahrung besitzen und Umgang mit ihresgleichen haben und die Bekanntschaft mit unterschiedlichen Persönlichkeiten hätte machen können. In diesen Worten legt sie den Finger nicht nur exakt auf ihre eigenen Mängel als Schriftstellerin, sondern auf die ihres Geschlechts zur damaligen Zeit. Niemand wusste besser als sie, wie immens ihr Genie davon profitiert hätte, wenn es sich nicht im einsamen Blick über ferne Felder hätte verausgaben müssen; wenn ihr Erfahrung, Umgang und Reisen gestattet worden wären. Aber sie wurden ihr nicht gestattet; sie wurden ihr vorenthalten; und wir müssen die Tatsache akzeptieren, dass all diese guten Romane wie *Villette*, *Emma*, *Sturmhöhe*, *Middlemarch* von Frauen geschrieben wurden, die nicht mehr Lebenserfahrung besaßen, als im Haus eines ehrbaren Geistlichen zugelassen war; und die ebenfalls im gemeinsamen Wohnzimmer dieses ehrbaren Hauses geschrieben wurden, von Frauen, die so arm waren, dass sie es sich nicht leisten konnten, mehr als jeweils einige wenige Bögen Papier zu kaufen, um darauf *Sturmhöhe* oder *Jane Eyre* zu schreiben. Eine von ihnen, George Eliot, entkam, das stimmt, nach vielerlei Beschwernissen, aber sie entkam nur in eine abgeschiedene Villa in St John's Wood. Und dort ließ sie sich im Schatten allgemeiner Missbilligung nieder. »Ich möchte klarstellen«, schrieb sie, »dass ich niemals jemanden einladen werde, mich zu besuchen, der nicht um Einladung gebeten hat«; denn lebte sie nicht in Sünde mit einem verheirateten Mann, und könnte ihr Anblick nicht die Keuschheit von Mrs Smith oder wem auch immer gefährden, der unangemeldet vorbeikäme? Man muss sich den sozialen Konventionen fügen und ist »abgeschnitten von dem, was Welt heißt«. Zur selben Zeit gab es auf der anderen Seite Europas einen jungen Mann, der frei mit dieser Zigeunerin oder jener höhergestellten Dame lebte, in den Krieg zog, ungehindert und unzensiert all die unterschiedlichen Erfahrungen des menschlichen Lebens machen konnte, die ihm später so vorzüglich zum Schreiben seiner Bücher dienten. Hätte Tolstoi mit einer verheirateten Dame abgeschieden im Kloster gelebt, »abgeschnitten von dem, was Welt heißt«, so erbaulich die Lektion in Moral auch gewesen wäre, hätte er kaum, dachte ich, *Krieg und Frieden* schreiben können.

Aber vielleicht sollte man noch etwas tiefer in die Frage des Romanschreibens und die Wirkung des Geschlechts auf den Romancier einsteigen. Schließt man die Augen und stellt sich den Roman als Ganzes vor, erscheint er einem als ein Gebilde, das eine gewisse spiegelbildliche Ähnlichkeit mit dem Leben hat, natürlich mit unzähligen Vereinfachungen und Verfälschungen. Jedenfalls handelt es sich um eine Konstruktion, die vor dem geistigen Auge Gestalt annimmt, mal quadratisch angelegt, mal in Form einer Pagode, mal mit ausgebreiteten Flügeln und Arkaden, mal massiv, solide und kuppelförmig wie die Kathedrale der Hagia Sophia in Konstantinopel. Diese Gestalt, dachte ich in Rückbesinnung auf gewisse berühmte Romane, weckt in uns die ihr angemessene Art der Empfindung. Aber so eine Empfindung mischt sich sofort mit anderen, weil »die Gestalt« nicht durch die Verbindung von Stein zu Stein entsteht, sondern durch die von Mensch zu Mensch. Und so weckt ein Roman in uns alle möglichen widerstreitenden und gegensätzlichen Empfindungen. Das Leben und das, was nicht das Leben ist, geraten miteinander in Konflikt. Daher die Schwierigkeit, sich in Bezug auf Romane einig zu werden, und die ungeheure Macht, die unsere persönlichen Vorurteile über uns haben. Einerseits haben wir das Gefühl, dass DU – John, der Held – leben musst, oder ich stürze in tiefste Verzweiflung. Andererseits haben wir das Gefühl: Ach, leider musst du sterben, John, weil es die Gestalt des Buches so verlangt. Das Leben und das, was nicht das Leben ist, geraten miteinander in Konflikt. Da es aber zum Teil Leben ist, beurteilen wir es wie das Leben. James ist die Art Mann, die ich am meisten verabscheue, sagt man. Oder: Was für ein gequirlter Unsinn. So etwas könnte ich selbst nie empfinden. Die gesamte Konstruktion, wird bei der Rückbesinnung auf jeden beliebigen berühmten Roman offenbar, ist unendlich vielschichtig, da sie sich aus so vielen verschiedenen Urteilen, so vielen verschiedenen Empfindungen zusammensetzt. Das Wunder daran ist, dass ein Buch, das so konstruiert ist, überhaupt mehr als ein oder zwei Jahre überlebt und für die englischen Leser bedeuten kann, was es auch für die russischen oder chinesischen Leser bedeutet. Aber zuweilen überleben sie auf ganz erstaunliche Weise. Und was sie in diesen seltenen Fällen überleben lässt (ich dachte an *Krieg und Frieden*), ist etwas, was man Integrität nennt, obwohl es nichts damit zu tun hat, dass man seine Rechnungen bezahlt oder sich in einem Notfall anständig verhält. Was man im Falle des Romanciers unter Integrität versteht, ist die Überzeugung, die er einem vermittelt, dass dies die Wahrheit sei. Ja, empfindet man, ich hätte nie gedacht, dass es so sein könnte, mir sind nie Menschen begegnet, die sich so verhalten hätten. Aber du hast mich überzeugt, dass es so ist, so passiert. Man hält jeden Satz, jede Szene gegen das Licht, wenn man liest – denn die Natur scheint uns seltsamerweise mit einem inneren Licht ausgestattet zu haben, mit dem wir beurteilen können, ob ein Romancier integer ist oder nicht. Oder vielleicht ist es eher so, dass die Natur in ihrer irrationalsten Laune eine Vorahnung in unsichtbarer Tinte an die

Wände unseres Geistes skizziert hat, die diese großen Künstler bestätigen; einen Entwurf, der nur an das Feuer des Genies gehalten werden muss, um sichtbar zu werden. Wenn man ihn auf diese Weise ans Licht holt und sieht, wie er zum Leben erwacht, ruft man verzückt aus: Aber das ist es, was ich immer schon gefühlt, gewusst und ersehnt habe! Und man kocht über vor Begeisterung und schlägt das Buch sogar mit einer gewissen Ehrfurcht zu wie etwas sehr Kostbares – ein Halt, auf den man sein Leben lang zurückgreifen kann – und stellt es zurück ins Regal, sagte ich und nahm *Krieg und Frieden*, um es zurück an seinen Platz zu stellen. Wenn jedoch diese armen Sätze, die man sich zum Prüfen vornimmt, mit ihren hellen Farben und forschen Gesten anfangs zwar eine schnelle und eifrige Resonanz hervorrufen, dann aber dort stehen bleiben – etwas scheint sie in ihrer Entwicklung zu hemmen –, oder wenn sie nur ein blasses Gekritzel in dieser Ecke und einen Flecken dort drüben ans Licht bringen und nichts in Gänze und unversehrt erscheint, dann stößt man einen Seufzer der Enttäuschung aus und sagt: Wieder ein Fehlschlag. Dieser Roman ist an irgendeiner Stelle gescheitert.

Und zum größten Teil scheitern Romane natürlich irgendwo. Die Einbildungskraft gerät unter großer Belastung ins Wanken. Das Erkenntnisvermögen ist gestört; es kann nicht länger zwischen Wahr und Falsch unterscheiden; es hat nicht länger die Kraft, die ungeheure Arbeit fortzusetzen, die in jedem Augenblick den Einsatz so vieler verschiedener Fähigkeiten erfordert. Aber wie wird das alles vom Geschlecht des Romanciers beeinflusst, überlegte ich mit Blick auf *Jane Eyre* und die anderen. Sollte die Tatsache ihres Geschlechts die Integrität einer Romanschriftstellerin auf irgendeine Weise beeinträchtigen – eine Integrität, die ich für das Rückgrat des Schriftstellers halte? In den Passagen, die ich aus *Jane Eyre* zitiert habe, ist klar geworden, dass der Zorn die Integrität der Romanschriftstellerin Charlotte Brontë in

Mitleidenschaft zog. Sie hat ihre Geschichte, der ihre ganze Hingabe hätte gelten sollen, verlassen, um sich einem persönlichen Groll hinzugeben. Sie erinnerte sich daran, dass ihr das Recht auf Erfahrung vorenthalten worden war – gezwungen, in einem Pfarrhaus über dem Strümpfestopfen zu versauern, wo sie doch frei in der Welt hatte umherziehen wollen. Ihre Einbildungskraft schweifte vor Empörung ab, und wir spüren, wie sie abschweift. Aber neben dem Zorn gab es noch viele weitere Einflüsse, die an ihrer Einbildungskraft zerrten und sie vom Weg abbrachten. Unwissenheit zum Beispiel. Bei der Gestaltung von Rochester tappt sie im Dunkeln. Wir spüren darin den Einfluss der Angst; so wie wir auch ständig eine ätzende Schärfe spüren, Resultat der Unterdrückung, ein vergrabenes Leiden, das unter ihrer Leidenschaft schwelt, eine Verbitterung, die diese Bücher, so großartig sie sind, mit einem Schmerzkrampf durchzuckt.

Und da ein Roman diese Ähnlichkeit mit dem wirklichen Leben hat, sind seine Werte bis zu einem gewissen Grad die des wirklichen Lebens. Aber es ist offensichtlich, dass die Werte von Frauen sich sehr häufig von den Werten unterscheiden, die vom anderen Geschlecht gemacht worden sind; natürlich ist das so. Und doch sind es die männlichen Werte, die vorherrschen. Grob gesagt, Fußball und Sport sind »wichtig«, der Kult um die Mode, das Kaufen von Kleidung »banal«. Und diese Werte werden zwangsläufig vom Leben auf die Literatur übertragen. Dieses Buch ist bedeutend, nimmt der Kritiker an, weil es vom Krieg handelt. Dieses Buch ist unbedeutend, weil es von den Gefühlen von Frauen im Salon handelt. Eine Szene auf dem Schlachtfeld ist bedeutender als eine Szene in einem Geschäft – überall und viel subtiler hält sich dieser Unterschied der Werte. Deshalb entstand die gesamte Konstruktion des Romans im frühen neunzehnten Jahrhundert, wenn eine Frau ihn schrieb, aus einem Geist heraus, der vom geraden Weg leicht abweichen und seinen klaren Blick aus Rücksicht auf eine äußere Autorität abändern musste. Man muss diese alten vergessenen Romane nur überfliegen und auf den Tonfall hören, in dem sie geschrieben wurden, um intuitiv zu erkennen, dass der Schriftstellerin Kritik entgegenschlug; sie sagte dieses aus einer Aggression heraus oder jenes zur Versöhnung. Sie gab zu, dass sie »nur eine Frau« war, oder beteuerte, dass sie »so gut wie ein Mann« war. Sie begegnete dieser Kritik, wie ihr Temperament es ihr diktierte, mit Fügsamkeit und Schüchternheit oder mit Zorn und Emphase. Womit spielt keine Rolle; sie dachte an etwas anderes als an die Sache selbst. Rums, fällt uns ihr Buch auf den Kopf. Mittendrin gibt es eine Schwachstelle. Und ich dachte an all die Romane von Frauen, die verstreut wie kleine pockennarbige Äpfel in einem Obstgarten in den Antiquariaten Londons liegen. Es war die Schwachstelle in der Mitte, die sie verfaulen ließ. Die Romanschriftstellerin hatte ihre eigenen Werte aus Rücksicht auf die Meinung anderer geändert.

Aber wie unmöglich muss es für sie gewesen sein, nicht abzuweichen, weder nach rechts noch nach links. Welch ein Genie, welch eine Integrität muss angesichts all dieser Kritik erforderlich gewesen sein, um inmitten dieser rein patriarchalischen Gesellschaft an der Sache festzuhalten, wie sie sie sahen, ohne nachzugeben. Nur Jane Austen tat es, und Emily Brontë. Das ist eine weitere Feder, vielleicht die edelste, an ihrem Hut. Sie schrieben, wie Frauen schreiben, nicht wie Männer schreiben. Von all den tausend Frauen, die damals Romane schrieben, haben nur sie die unaufhörlichen Ermahnungen des ewigen Schulmeisters komplett ignoriert – schreibe dieses, denke jenes. Nur sie hatten taube Ohren für diese aufdringliche Stimme, die mal nörgelte, mal bevormundete, mal tyrannisch, mal betrübt, mal schockiert, mal zornig, mal onkelhaft war, diese Stimme, die Frauen nicht in Ruhe lassen kann, sondern sie wie eine allzu pflichtbewusste Gouvernante nerven muss, sie, wie Sir Egerton Brydges, beschwört, sich züchtig zu verhalten, die selbst aus der

Kritik an Gedichten noch eine Kritik am Geschlecht macht,* die sie ermahnt, wenn sie gut sein und vermutlich einen glänzenden Preis gewinnen könnten, gewisse Grenzen nicht zu überschreiten, die der betreffende Herr für angemessen hält – »... weibliche Romanciers sollten Exzellenz nur anstreben, indem sie mutig die Grenzen ihres Geschlechts anerkennen«.** Das bringt die Sache auf den Punkt, und wenn ich Ihnen, was Sie sicher überraschen wird, sage, dass dieser Satz nicht im August 1828, sondern im August 1928[13] geschrieben wurde, stimmen Sie, glaube ich, mit mir überein, dass er, wie sehr er uns jetzt auch amüsieren mag, eine gewaltige

* »(Sie) hat einen metaphysischen Antrieb und das ist eine gefährliche Obsession, besonders bei einer Frau, denn Frauen besitzen selten die gesunde Liebe der Männer zur Rhetorik. Es ist ein seltsamer Mangel des Geschlechts, das in anderen Dingen primitiver und materialistischer ist.« *New Criterion*, Juni 1928.

** »Wenn man wie der Rezensent glaubt, dass Romanschriftstellerinnen Exzellenz nur anstreben sollten, indem sie mutig die Grenzen ihres Geschlechts anerkennen (Jane Austen [hat] gezeigt, wie elegant diese Geste ausgeführt werden kann ...).« *Life and Letters*, August 1928.

Masse an Meinungen repräsentiert – ich werde diese alten Tümpel nicht mehr aufwühlen; ich greife nur auf, was mir der Zufall vor die Füße gespült hat –, die vor einem Jahrhundert noch weitaus heftiger und lauter kundgetan wurden. 1828 hätte man schon eine sehr robuste junge Frau sein müssen, um alle diese Rüffel und Tadel und Versprechen von Preisen zu ignorieren. Man hätte so etwas wie eine Unruhestifterin sein müssen, um sich zu sagen: Tja, aber die Literatur können sie nicht auch noch kaufen. Die Literatur ist für alle da. Ich weigere mich, Ihnen die Erlaubnis zu erteilen, mich vom Rasen zu verweisen, Pedell hin oder her. Schließt meinetwegen eure Bibliotheken ab, aber es gibt kein Tor, kein Schloss und keinen Riegel, die ihr vor die Freiheit des Geistes setzen könnt.

Aber wie sehr sich Entmutigung und Kritik auch auf ihr Schreiben auswirkten – und ich glaube, dass sie sich sehr auswirkten –, es war doch unbedeutend im Vergleich zu der anderen Schwierigkeit, der sich Frauen gegenübersahen, sobald sie ihre Gedanken zu Papier brachten (ich dachte immer noch über die Romanschriftstellerinnen des frühen neunzehnten Jahrhunderts nach) – nämlich der, dass keine Tradition hinter ihnen stand oder nur eine so kurze und unvollständige, dass sie keine große Hilfe war. Denn als Frauen denken wir durch unsere Mütter zurück. Es nützt nichts, sich Rat suchend an die großen männlichen Schriftsteller zu wenden, wie sehr man sich auch aus reinem Vergnügen an sie wenden mag. Lamb, Browne, Thackeray, Newman, Sterne, Dickens, De Quincey – wer immer es ist – haben einer Frau noch nie geholfen, auch wenn sie vielleicht ein paar Tricks von ihnen gelernt und für ihren eigenen Gebrauch abgewandelt hat. Das Gewicht, das Tempo, der Schritt des männlichen Geistes sind von ihrem eigenen zu verschieden, um ihm erfolgreich etwas Wesentliches abzugewinnen. Um ihn gewissenhaft nachzuäffen, ist sie zu weit von ihm entfernt. Wahrscheinlich würde sie, wenn sie den Stift aufs Papier setzte, als Erstes feststellen, dass es keinen geläufigen Satz gibt, den sie benutzen könnte. Alle großen Romanciers wie Thackeray, Dickens und Balzac schrieben eine natürliche Prosa, schnell, aber nicht schlampig, ausdrucksstark, aber nicht geschraubt, mit eigener Klangfarbe und trotzdem immer noch allen zugänglich. Sie bauten sie auf einem Satz auf, der damals geläufig war. Der Satz, der zu Beginn des neunzehnten Jahrhunderts geläufig war, könnte in etwa so gelautet haben: »Die Erhabenheit ihrer Werke war ihnen ein Ansporn, ließ sie nicht zurückschrecken, sondern weitermachen. Sie fanden keine größere Begeisterung und Erfüllung als in der Ausübung ihrer Kunst und am unendlichen Reichtum an Wahrheit und Schönheit. Erfolg ermuntert zur Anstrengung; und Gewohnheit begünstigt Erfolg.« Das ist ein männlicher Satz; dahinter kann man Johnson, Gibbon und den Rest sehen. Es war ein Satz, der sich nicht dazu eignete, von einer Frau benutzt zu werden. Charlotte Brontë stolperte und stürzte mit dieser schwerfälligen

Waffe in den Händen, trotz all ihrer großartigen Begabung für Prosa. George Eliot beging damit Scheußlichkeiten, die jeder Beschreibung spotten. Jane Austen sah ihn sich an und lachte ihn aus und erfand einen vollkommen natürlichen, wohlgeformten Satz, der sich für ihren Gebrauch eignete, und wich nie davon ab. Obwohl sie weniger Begabung zum Schreiben besaß als Charlotte Brontë, konnte sie auf diese Weise unendlich viel mehr sagen. Da Freiheit und Fülle des Ausdrucks in der Kunst wesentlich sind, müssen sich ein solches Fehlen an Tradition, eine solche Knappheit und Unzulänglichkeit des Handwerkszeugs tatsächlich stark auf das Schreiben von Frauen ausgewirkt haben. Außerdem besteht ein Buch nicht aus Sätzen, die nahtlos aneinandergelegt, sondern aus Sätzen, die zu Arkaden oder Kuppeln errichtet sind, wenn ein Bild hier hilft. Und auch diese Gestalt wurde von Männern nach ihren Bedürfnissen und zu ihrem Nutzen gemacht. Es gibt keinen Grund zu der Annahme, dass sich die Form des

Epos oder des lyrischen Dramas besser für eine Frau eignet, als sich der Satz für sie eignet. Aber alle älteren literarischen Formen waren zu der Zeit, als sie Schriftstellerin wurde, bereits hart und fest geworden. Nur der Roman war jung genug, um noch weich unter ihren Händen zu sein – möglicherweise ein weiterer Grund, warum sie Romane schrieb. Doch wer wollte selbst heute sagen, ob »der Roman« (ich setze ihn in Anführungszeichen, um mein Gefühl für die Unzulänglichkeit des Wortes zu markieren), wer wollte sagen, ob diese biegsamste aller Formen die passende Gestalt hat, um sich für ihren Gebrauch zu eignen? Wir werden zweifellos sehen, wie sie diese Form für sich zurechtklopft, wenn sie ihre Glieder frei bewegen kann; ein neues Vehikel, nicht unbedingt in Versform, für die Poesie schafft, die sie in sich hat. Denn es ist die Poesie, deren Entäußerung ihr immer noch verwehrt wird. Und ich setzte meinen Gedankengang mit der Überlegung fort, wie eine Frau heutzutage eine lyrische Tragödie in fünf Akten schreiben würde. Würde sie Verse verwenden? Würde sie nicht eher Prosa verwenden?

Aber das sind schwierige Fragen, die im Dämmerlicht der Zukunft liegen.

*Andere Leser*innen*

Nachwort von
Sheila Heti

Vor einigen Tagen las ich das erste Kapitel der jüngsten Fassung des Romans einer Freundin. Ich hatte ihr letztes Buch für eine Zeitschrift rezensiert, damals kannte ich sie noch nicht. Das war vor etwa acht Jahren, und im Anschluss schrieben wir einander Briefe. Ich fragte sie, wie es mit ihrem neuen Buch vorangehe, und sie befragte mich zu meinem. Wie immer ging es (bei uns beiden), entweder unglaublich gut voran oder unglaublich schlecht. Mich hat der Arbeitsprozess anderer Schriftsteller*innen schon immer sehr interessiert, zum Teil, weil es mich darin bestätigte, dass es immer gleich ablief: Momente der Euphorie, gefolgt von Momenten der Verzweiflung, vom Bewusstsein bestimmt, dass keines dieser Gefühle irgendeine glaubhafte Information darüber liefert, ob unsere Bücher etwas taugen (wobei es schwierig ist, unser Gefühl, während wir es fühlen, nicht auf alles in unserem Leben abfärben zu lassen).

Vor einer Woche fragte ich sie also, ob ich lesen dürfe, woran sie gerade arbeite, denn ich war neugierig und dachte, ich könnte ihr helfen; ich ahnte, dass sie eine Leserin brauchte. Sie schickte mir die Kapitel, ich las sie und antwortete ihr in einer langen E-Mail, sie schrieb mir eine lange E-Mail zurück, und so ergänzten meine Gedanken zur Gestaltung des Buches ihre eigenen. Gestern schickte ich einen Entwurf meines derzeitigen Buches an zwei Freund*innen, und ich warte darauf, zu erfahren, was sie denken – ob sie es gut oder schlecht finden, ob es Sinn ergibt oder nicht. Es ist immer wichtig, ein in Arbeit befindliches Buch jeweils mehr als einer Person zu zeigen, damit nicht eine Meinung einen zu großen Einfluss bekommt. Was, wenn man es nur einer Person zeigt und es ihr nicht gefällt? Und man glaubt ihr? Oder sie mag es? Und man glaubt ihr? Besser, den Entwurf an zwei, drei oder vier Leute zu schicken, damit die Wahrheit irgendwo dazwischenliegt.

Mir sind Freund*innen, die die Entwürfe meiner Bücher lesen, die liebsten Leser*innen. Sie kommen mir sensibler vor als alle Kritiker*innen oder Leser*innen des fertigen Buches. Sie wissen, sie müssen mit mir darüber sprechen, und ich bedeute ihnen etwas – also weiß ich, dass auch das Buch ihnen etwas bedeutet.

Und so funktioniert es auch umgekehrt: Nie bin ich als Leserin gewissenhafter, sorgfältiger oder unvoreingenommener als beim Lesen des Entwurfs eines Freundes oder einer Freundin. Ich muss mich auf ihre Gedankenwelt einlassen – meine Gedanken den ihren hinzufügen –, kann mich also nicht einfach mit meinen eigenen Vorlieben und flüchtigen Wünschen hineinbegeben.

Ich glaube, diejenigen, die nicht selbst schreiben, wissen nicht, wie intensiv Schriftsteller*innen sich über ihre unfertigen Arbeiten miteinander austauschen. Wahrscheinlich lesen nicht weniger als vierzig Leute Entwürfe meiner Bücher, bevor sie veröffentlicht werden. Ein Großteil der Arbeit findet im Gespräch mit diesen Freund*innen statt: die Arbeit moralischer Unterstützung, die Arbeit, sich den sehr hohen Ansprüchen dieser Leser*innen zu stellen und mit dem Wissen zu schreiben, dass Menschen, die ich kenne und respektiere, das Geschriebene in Händen halten werden. Das ist ein weitaus beängstigenderes Gefühl als der Gedanke, dass jemand es liest, den man nie getroffen hat. Und noch ehe meine Freund*innen auf die Arbeit reagieren, stelle ich mir vor, wie das Buch in ihren Gedanken vorkommt. Oft müssen sie es nicht einmal lesen, um hilfreich zu sein; häufig kann ich, wenn ich ihnen das Buch schicke, (in meiner Vorstellung) sehen, welchen Eindruck es auf sie machen wird. Ich sehe, wo es nicht stimmt, wo es scheitert, wo es gelingt, und es ist mir peinlich, ich bin stolz, ich rechtfertige mich. Meistens schreibe ich, noch bevor das Dokument geöffnet wurde: »Lies es nicht! Es ist noch nicht fertig!« Es hat schon genügt, es zu schicken. Und schon geht mir auf – plötzlich und vollends –, wie fertig oder unfertig mein Buch ist, und ich sehe das Buch von Neuem und bin in der Lage, mehrere Wochen lang mit frischer Energie daran zu arbeiten.

Die Leser*innen des fertigen, gebundenen Buches lesen es in einem Gemütszustand, in dem sich alles um sie selbst dreht: »Will ich das in diesem Moment wirklich lesen?« Wenn nicht, werfen sie es (hoffentlich) weg. So bin ich auch. Für Bücher, die ich in einer Buchhandlung kaufe, fühle ich mich nicht moralisch verantwortlich. In gewisser Weise ist ein Buch, nachdem es veröffentlicht wurde, bereits tot. Das Buch kümmert es nicht, ob ich es mag oder nicht; dadurch verändert es sich nicht. Es hat seine endgültige Form schon gefunden. Gegenüber Schriftsteller*innen, die ich nicht kenne, habe ich keine Verantwortung. Ich lese egoistischer. Ich lese ausschließlich mit dem Gedanken an mein eigenes Vergnügen. Wenn ich aber einen Entwurf lese und eine Schriftstellerkollegin auf meine Reaktion wartet, muss ich so selbstlos wie möglich lesen. Nicht auf meinem eigenen Vergnügen darf meine Aufmerksamkeit liegen, sondern auf diesem kleinen Wesen, das sich da entwickelt. Ich bin eine der Kräfte, die ihm dabei helfen, zu seiner endgültigen Form zu finden – oder daran zu scheitern. Ich muss mit völliger Offenheit lesen, mit einem Gespür dafür, was dieses kleine Wesen zu werden versucht. Es muss mir nicht gefallen. Meine Aufgabe ist unpersönlicher; es geht darum, meine persönlichen Vorlieben abzulegen und nur an das zu denken, was sich die Schriftstellerin zu erreichen vorgenommen, aber noch nicht ganz erreicht hat.

Wir haben noch immer die Vorstellung, dass Romane allein von ihren Autor*innen geschrieben werden, aber in meinen Augen werden sie immer in einer Gemeinschaft von Gleichgesinnten geschrieben, von ausgewählten Menschen, die nicht nur eine kleine Rolle spielen, sondern eine, die das Werk in hohem Maße beeinflusst. Diese Menschen sind die erste Leserschaft des eigenen Buches. Sie sind die ausgewählte Leserschaft. Wenn es diesen Menschen nicht gefällt, entsteht das Gefühl, das Buch wird niemandem gefallen.

Aber nicht nur Schriftsteller*innen sind in Gemeinschaft anderer schöpferisch tätig. Alle Künstler*innen arbeiten so. Kritiker*innen gehören zwangsläufig zur Verlagswelt, aber die Leser*innen sind es, für die, jedenfalls theoretisch, Bücher letztendlich geschrieben werden.

Kein Buch kann jedoch in dem Maße für unbekannte Leser*innen geschrieben werden, wie es im wahrsten Sinne des Wortes für den Menschen geschrieben ist, dem man es voller Hoffnungen und Ängste und einer im Kopf lauernden Frage schickt. So entsteht in gewissem Sinne alle Kunst ursprünglich für andere Künstler*innen und in Reaktion auf deren Verständnis und Einfühlungsvermögen. Sie sind das unvoreingenommenste Publikum, denn sie wissen, dass Kunst eine Vielzahl von Formen annehmen kann – und muss; und sie sind das anspruchsvollste Publikum, denn wen interessiert die Kunst des Romanschreibens mehr als andere Schriftsteller*innen? Wen interessiert es mehr, was mit einem Gemälde passiert – ob es zu seiner außergewöhnlichen Schönheit oder seiner außergewöhnlichen Hässlichkeit findet – als andere Maler*innen? Gestern besuchte ich meine Freundin Margaux Williamson in ihrem Atelier. Wir haben eine kleine Schreibgruppe, in der wir uns zu sechst alle zwei Wochen treffen, um einander Auszüge aus dem vorzulesen, was wir zuletzt geschrieben haben, unsere Gedanken zu äußern und denjenigen, die gerade ihre Arbeit laut vorgelesen haben, die Möglichkeit zu geben, drängendste Fragen zu stellen: »Findet ihr diesen ersten Satz komisch? Findet ihr, das passt zum Rest des Buches? Ist dieser Teil langweilig? Es klang langweilig, als ich es gelesen habe …«

Wir waren in Margaux' Atelier und hatten

unsere zweistündige Sitzung gerade beendet und uns vertagt. Auch Jubal Brown, ebenfalls Künstler, war da, der gerade an einem Roman arbeitete. Er ging durch das Atelier und fragte trocken und sarkastisch: »Hier findet also die Magie statt?« Margaux war kurz davor, eine Folge von Gemälden für eine Ausstellung fertigzustellen, und er blieb vor einem meiner Lieblingsbilder stehen, einer riesigen Leinwand voller Blätter an Bäumen und Zweigen, hauptsächlich grün, aber mit ein wenig Braun und kleinen rosafarbenen Punkten, die durchschimmerten. Er fragte Margaux, ob das Bild noch in Arbeit sei. Ich wurde nervös, weil ich wusste, dass es fertig war. »Nein«, sagte sie, »es ist fertig.« Er sagte, es gefalle ihm nicht. Zu hübsch. Zu kommerziell. Dann gingen wir alle nach draußen und rauchten. Nachdem Jubal gegangen war, sagte Margaux: »Ich fand das so befreiend; ich mag es, wenn die Leute sagen, was sie denken.« Es machte ihr nichts aus, dass Jubal es nicht mochte. Schließlich waren im letzten Monat gut zwölf Leute in ihr Atelier eingeladen gewesen: Er mochte es nicht und ein gewisser Kurator auch nicht, aber andere mochten es, und Margaux hatte dazu wiederum ihre eigene Meinung, die auf ihrer eigenen inneren Einschätzung ihrer Arbeit beruhte, verwoben mit den Wahrnehmungen der anderen. Margaux und Jubal wissen beide, wie wichtig diese Art der Ehrlichkeit ist, und betrachten sie als Beweis einer Art Liebe und Fürsorge. Sein Missfallen an dem Gemälde war nicht dasselbe Missfallen, das jemand äußert, dem Gemälde egal sind, und Künstler*innen auf eine Weise zum Schäumen bringt, wie ich vor Wut schäume, wenn ich online Kommentare lese von Menschen, die mein Buch nicht mochten, denn dann kommt es mir so vor, als hätten sie das Buch nicht ordentlich gelesen, und ich bin mir nie sicher, ob sie überhaupt irgendein Buch mit derselben Offenheit lesen, mit der, wie ich glaube, Bücher gelesen werden sollten. Aber auf jemanden, der mir wichtig ist, war ich noch nie wütend, wenn er oder sie nicht mochte, was ich geschrieben hatte.

Im vergangenen Oktober passierte Folgendes: Ich zeigte jemandem, den ich mochte, einen Entwurf meines Romans, und er sagte: »Hast du einfach alle Seiten in die Luft geworfen und sie dann so angeordnet, wie sie runtergefallen waren?« Natürlich brach ich in Tränen aus. Zwei Tage lang war ich völlig verzweifelt, und zwei Monate lang konnte ich nicht mehr an meinem Buch arbeiten. Ich hatte es ihm mit Sicherheit nur deshalb gezeigt, damit er sagte: »Es ist großartig«, und ich aufhören konnte, daran zu arbeiten – denn selbst die, die das Schreiben lieben, sind faul und wollen fertig werden. Aber das Buch war nicht fertig. Er sah das. Ich wollte nicht, dass er es sah, aber das tat er. Und vielleicht wollte ich es im Grunde doch; er sollte mir die Wahrheit sagen. Schließlich verschicken wir unsere Bücher nicht nur; wir schicken sie bestimmten Menschen. Wenn ich möchte, dass es gemocht wird, weiß ich, an wen ich es schicke. Wenn ich möchte, dass es von jemandem gelesen wird, von dem ich weiß, dass er es nicht mögen könnte, wird es jemand anders sein.

Schließlich war ich in der Lage, wieder daran zu arbeiten, und ich war in der Lage, es besser zu machen, und es wäre mir nicht damit gedient gewesen, wenn er so getan hätte, als ob er es mögen würde. Die Art von Kritik, die uns weh tut – von den Menschen, deren Meinung wir erbitten –, ist die Kritik, die wir wollen, auch wenn es schwer ist, sie anzunehmen. Sie unterscheidet sich von den Spitzen der Kritiker*innen. Die Kritik einer Freundin, die einen Entwurf liest, ist die Kritik von jemandem, der möchte, dass man seinen eigenen Ansprüchen gerecht wird, nicht ihrer, und ihre Kritik hat nichts Beliebiges, denn das Buch kann noch verändert werden. Man schlägt nicht auf eine Leiche ein. Es ist vielmehr der Versuch, etwas zum Leben zu erwecken, das die Künstlerin bisher noch nicht lebendig machen konnte. Diese frühen Leser*innen sind keine Kritiker*innen, sie sind Ärzt*innen. Man kann nicht wütend sein auf eine Ärztin, die sagt: »Die Patientin atmet kaum.« Die Ärztin möchte, dass die Patientin atmet. Die Ärztin ist mit der Schriftstellerin im Gespräch, was die Kritikerin nicht ist – und zu Recht, das sollte sie auch nicht. Die Schriftstellerin wiederum spricht nicht zu den Kritiker*innen. Die Schriftstellerin spricht vor allen anderen zu ihren Freund*innen, denen sie ihre Bücher schickt – und die Freund*innen antworten und versuchen, der Schriftstellerin beim Hervorzaubern des Buches zu helfen. Sie alle sorgen sich um etwas in ihrer Mitte, und oft drehen sich Künstler*innenfreundschaften genau darum: um eine sie verbindende Sache – Literatur, Malerei –, der sie beim Wachsen helfen. Auch Virginia Woolf hatte Menschen um sich, die auf diese Weise für sie da waren. Mir sind noch nie Schriftsteller*innen oder Künstler*innen begegnet, bei denen das nicht der Fall wäre.

Kunst entsteht in jenem Raum zwischen der Künstlerin und ihren frühen, ausgewählten Leser*innen, der von Liebe erfüllt ist, mit dem Vergnügen daran, gemeinsam und mit Achtsamkeit ein Puzzle zu enträtseln, und mit dem Verständnis dafür, dass heute die eine dem anderen hilft und eines Tages ihr wiederum geholfen wird. Das ist ein ökonomisches System, das nicht auf Geld beruht, sondern auf dem gemeinsamen Anliegen von Menschen, denen eine von ihnen allen geteilte Kunst am Herzen liegt. Das sind Leser*innen, von denen nie die Rede ist, die aber, für mich, die wichtigsten sind. Als Leserin fühle ich mich nie stärker wertgeschätzt als beim Lesen der Entwürfe von Freund*innen. Und es ist ein besonderes Vergnügen, zu wissen, dass meine Lektüre ein Buch verändern kann, und nicht nur umgekehrt, ein Buch mich.

Anmerkungen und Nachweis

1 Anonymes mittelalterliches Gedicht.

2 *The Maid's Tragedy* (1619) von Francis Beaumont und John Fletcher.

3 *The Lover's Melancholy* (1629) von John Ford.

4 *Prelude* (1850) von William Wordsworth.

5 *The Rime of the Ancient Mariner* (1834) von Samuel Taylor Coleridge.

6 *When the World is Burning* (1845) von Ebenezer Jones.

7 Fanny Burney (1752–1840) war berühmt für ihre Gesellschaftsromane.

8 Elizabeth Carter (1717–1806), Übersetzerin von Epiktet und Dichterin, gehörte zu jenen Frauen, die in den 1750er Jahren Salons unterhielten, zu denen sie gebildete Männer einluden, um Fragen der Literatur, Philosophie, Kunst und Wissenschaft zu diskutieren. Ein Mitglied dieser Runden trug regelmäßig blaue Kammgarnstrümpfe,

worauf die Bezeichnung »Blaustrümpfe« für intellektuelle Frauen, später auch für die Suffragetten zurückgeht.

9 Aphra Behn (1640–1689) war die erste Berufsschriftstellerin. Sie schrieb Theaterstücke, Romane und Lyrik und arbeitete außerdem als Spionin für Charles II. Vita Sackville-West veröffentlichte 1927 eine Biographie über sie.

10 Der Lyriker Algernon Charles Swinburne (1837–1909) bezeichnete die griechische Dichterin Sappho als »supreme head of song«.

11 Emily Davies (1830–1921) war eine Vorkämpferin für Bildung und Wahlrecht von Frauen und lehrte am Girton College in Cambridge.

12 Charlotte Brontë: *Jane Eyre*, Manesse Verlag, München 2016; Übersetzung: Annette Ott.

13 Woolf hat aus diesem Zitat ihres Freundes Desmond MacCarthy die Stelle entfernt, in der es um sie geht. Der Satz beginnt so: »Jane Austen und, in unserer Zeit, Mrs Virginia Woolf, haben gezeigt …« In ihrem Tagebuch notierte Woolf, dass sie MacCarthy auf seinen herablassenden Satz hingewiesen habe, und fügte, fast entschuldigend, hinzu: »Aber darin lag keine Bitterkeit.«

Wie sollte man ein Buch lesen?/How Should One Read a Book? entstand als Vorlesung, die Virginia Woolf vor Schülerinnen der Gemeinschaftsschule Hayes Court in Kent am 30. Januar 1926 hielt. Eine überarbeitete Fassung wurde im Oktober 1926 in der *Yale Review* veröffentlicht, bevor Woolf den Essay abermals für *The Common Reader (Second Series)* überarbeitete, erschienen 1932.

Die Literatur ist für alle da (Titel vom Verlag): Auszug aus dem Essay *Ein Zimmer für sich allein/A Room of One's Own*, der auf zwei Vorträgen basiert, die Virginia Woolf im Oktober 1928 an der Universität Cambridge hielt – am Girton College und am Newnham College, den beiden ersten Frauen-Colleges in England. In den kommenden Monaten ergänzte Woolf die beiden Vorträge zu einem längeren Essay, der in Buchform erstmals 1929 im Londoner Verlag The Hogarth Press erschien, den die Autorin 1917 gemeinsam mit ihrem Mann Leonard gegründet hatte.

KAMPA POCKET

Virginia Woolf
Ein Zimmer für sich allein

Aus dem Englischen und mit einem Nachwort
von Antje Rávik Strubel

Der Klassiker des Feminismus – aktueller denn je.
Neu übersetzt von Antje Rávik Strubel.

Hätte Shakespeare eine Schwester gehabt, ebenso begabt wie er, wie wäre es ihr ergangen? Welche Widerstände mussten Jane Austen oder die Brontë-Schwestern überwinden? Im Oktober 1928 hielt Virginia Woolf zwei Vorträge am ersten Frauencollege Großbritanniens an der Universität Cambridge. Ob ihnen bewusst sei, fragte Woolf ihre Zuhörerinnen, dass sie vielleicht »das am häufigsten abgehandelte Tier des Universums« seien? Schließlich wurde Literatur über Frauen fast ausschließlich von Männern verfasst. Aus Woolfs Vorträgen entstand der Essay *Ein Zimmer für sich allein*, den sie ein Jahr später veröffentlichte.

Bereits zu Woolfs Lebzeiten gepriesen, wurde ihre Abhandlung über Frauen und Literatur zu einem der wegweisenden Texte der Frauenbewegung. Engagiert, poetisch, erfahrungssatt und ironisch analysiert Woolf Geschlechterdifferenzen und führt aus, was Frauen brauchen, um große Literatur zu produzieren: finanzielle, vor allem aber geistige Unabhängigkeit, im viktorianischen England symbolisiert durch ein eigenes Zimmer.

»Eine wunderbar elegante Übersetzung, die den ganzen Witz dieses Buches zum Vorschein bringt. Wesentlich frischer als so manches Buch zum Thema Feminismus, das heute erscheint.«
Daniela Strigl / SRF Literaturclub

KAMPA POCKET

Virginia Woolf
Orlando

Roman
Aus dem Englischen von Karl Lerbs
Mit einem Vorwort von Tilda Swinton

»Vollkommen. Ein Juwel.«
Doris Lessing

Orlando ist jung und schön – und so wird es immer bleiben, beinahe vier Jahrhunderte lang. Elizabeth I. verliebt sich in den Jüngling und ernennt ihn zu ihrem Schatzmeister – aber Orlando hält es nicht lange am englischen Hof, das vornehme Getue geht ihm auf den Geist, außerdem stellt ihm eine Herzogin nach. Es zieht ihn weiter, über seine Zeit hinaus. Zunächst jedoch lässt er sich als Botschafter nach Konstantinopel versetzen und fällt in einen langen, tiefen Schlaf. Als er aufwacht, ist er ein anderer – eine andere … Und das bringt Probleme mit sich: Orlando verliert all ihren Besitz, all ihre Rechte – und macht sich wieder davon. Im London des 18. Jahrhunderts verkehrt sie, die Dichterin, mit bedeutenden Intellektuellen und genießt die Liebe beider Geschlechter. Ganz anders wird es ihr im viktorianischen Zeitalter mit seinen strikten Moralvorstellungen ergehen.

Ein furioser, überbordender Roman, ein Wunderwerk der Weltliteratur und zugleich ein entscheidender Text der Frauenbewegung, der auf ebenso geistreiche wie komische Weise Geschlechterstereotype hinterfragt.

»Ein unwiederholbarer Glücks- und Einzelfall.«
Wolf Wondratschek

KAMPA POCKET

Emily Brontë
Sturmhöhe

Roman
Aus dem Englischen von Grete Rambach
Mit einem Vorwort von Patti Smith

»Einer der ganz großen Romane englischer Sprache.«
Henry Miller

Aus der Moorlandschaft Yorkshires erhebt sich das Anwesen Wuthering Heights, den Naturgewalten schutzlos ausgesetzt. Dort wachsen die Bauerntochter Catherine Earnshaw und das Findelkind Heathcliff gemeinsam auf. In ihrem stürmischen Wesen erkennen sie sich als Seelenverwandte, im Kampf gegen äußere Widerstände als Verbündete – und sie verlieben sich leidenschaftlich ineinander. Doch Catherine beschließt, den vermögenden Edward Linton von Thrushcross Grange zu heiraten, und Heathcliff verschwindet. Jahre später kehrt er zurück, auf rätselhafte Weise zu Reichtum gekommen. Doch Catherine will Linton nicht verlassen, und Heathcliff sinnt auf Rache.

Emily Brontës einziger Roman erzählt von familiärer Gewalt, von der Macht der Psyche und von einer Liebe, die Grenzen sprengt. Die Zeitgenossen lehnten ihn ab, heute gilt er wegen seiner Radikalität als eines der bedeutendsten Werke der Weltliteratur.

»Es ist, als könnte Emily Brontë alles, woran wir den Menschen erkennen, in Stücke reißen und das unkenntlich Gemachte mit einem solchen Lebensgeist füllen, dass es die Realität überschreitet.«
Virginia Woolf

Wenn Ihnen dieses KAMPA POCKET
gefallen hat, gefällt Ihnen vielleicht auch der
Lesetipp auf der gegenüberliegenden Seite.

Schicken Sie uns bitte Ihren LIEBLINGSSATZ
aus einem Kampa Pocket, bei einer Veröffentlichung auf unseren Social-Media-Kanälen
bedanken wir uns mit einem Buchgeschenk:
lieblingssatz@kampaverlag.ch